Der hölzerne Himmel

Andreas Blocher

Der hölzerne Himmel

Abschied vom schweizerischen Lebensplan

Essay

Verlag Huber
Frauenfeld Stuttgart Wien

Für Martin Müller
der mit Geduld, Einfühlung und Zuspruch
dieses Buch ermöglicht hat.

Die Deutsche Bibliothek – CIP-Einheitsaufnahme
Blocher Andreas :
Der hölzerne Himmel : Abschied vom schweizerischen Lebensplan.
Essay / Andreas Blocher. – Frauenfeld ; Stuttgart ; Wien : Huber, 2000
ISBN 2-7193-1218-6

Umschlag und grafische Gestaltung: Arthur Miserez
Gesamtherstellung: Huber & Co. AG, Grafische Unternehmung und Verlag, CH-8501 Frauenfeld
Einband: Buchbinderei Schumacher, Schmitten
Printed in Switzerland

Inhaltsverzeichnis

Vorrede

«Achtung: die Schweiz.»

So lautete einmal die Überschrift eines Buches von Max Frisch. Oder war es ein Pamphlet? Ein Manifest? Ein «Projekt»? Ich erinnere mich nicht: gelesen habe ich es nie.

Warum nicht?

Wegen seines Titels. Das erste Wort, und dann der ankündigungsschwere Doppelpunkt, das schien mir zu viel Wind gemacht von der Sache Schweiz. Hupen, Polizeisirene, Obacht!

Die Schweiz ist ein so kleines Land und, als Buchthema betrachtet, eine so unspektakuläre Angelegenheit, dass man nicht mit Alarmgebaren auf sie hinweisen kann – das ist sozusagen eine Frage des Stils.

Oder eine des Verhältnisses zwischen der Darlegung einer Sache und dieser Sache selbst. Denn über etwas schreiben heisst – sofern darin ein gewisser Anspruch waltet – auch ein Thema haben, das diesen Anspruch mitträgt. Aber die Schweiz ist eine relativ geringfügige Sache.

Damit man es auch vor Augen sieht, sage ich lieber: eine niedliche. Es liegt da etwas Eigentümliches vor, auch wenn's ein Zufall ist. Wort und Land Schweiz bilden sich nämlich gegenseitig getreu ab: optisch. Das hat die Lebensmittelbranche oder ein für sie arbeitender Grafiker herausgefunden. Seit einigen Jahren kursiert da ein Logo-Bildchen, das das Wort Schweiz als Schriftzug und die territoriale Form des Landes in eins setzt: die beiden Schlenker des Anfangs-S sind die Kantone Jura und Genf, das z hinten stilisiert die Ostflanke von Graubünden, das w ist das Wallis. Niedlich, adrett – eine Confiserie könnte es auch als Konfekt herstellen, in Schokolade. Wie gesagt, ein Zufall – aber nun ist er Bild geworden. Und Bilder machen ihre eigene Aussage, verschaffen sich ihren eigenen Sinn, sie lassen sich nichts befehlen.

Natürlich kann man die Schweiz auch gross sehen: wenn man sie mit der Lupe betrachtet. Aber dann sieht man vor lauter stattlichen Bäumen das Wäldchen nicht. Man ist zu nahe dran, man bekommt jenen Vexierblick, den die Kurzsichtigen haben, die im Museum bei der Betrachtung eines Gemäldes die Stirn fast auf die Leinwand legen. Alsdann murmeln sie verzückt etwas vor sich hin und trippeln zum nächsten weiter. Sieht man ihnen ins Gesicht, so gewahrt man manchmal hinter Brillengläsern riesige Augen.

Man kann auch zu weitsichtig auf die Schweiz schauen. Das optische Gerät ist dann ein Feldstecher, durch den man von hinten hineinsieht. Ein angenehmes, ein sehr schönes Bild entsteht: ein Fernbild. Duftige Wölkchen über blauen Höhenzügen, weit weit weg, am Ende eines Tunnels, den das Okular bildet. Besonders Ausländer sehen so die Schweiz: als Idyll. Idyll heisst ja übersetzt: Bildchen. Aber es ist viel zu klein für die wirkliche Schweiz.

Lassen wir Lupe und Fernglas aus dem Spiel. Schauen wir mit dem Normalblick des Betrachters, das heisst: mit Abstand. Das liegt dann etwa in der Mitte zwischen Nähe und Distanz («Distanz» ist ja ein etwas kaltes Wort). Noch besser, wenn es geht: Verbinden wir Nähe und Abstand. Seelisch würde das vielleicht heissen: Ungerührte Teilnahme. Und das passt ja auch ganz gut zur Schweiz, finde ich: auf ungerührte Weise nimmt sie an der Welt teil.

Eine ungeheure Gelassenheit waltet in der Schweiz. Eine Abdämpfung, eine Abbremsung von allem und jedem. Wie bei jenen Liften, die in genau bemessener Langsamkeit bei der Zieletage anlanden: zentimeterweise schleichen sie sich heran, es dauert eine Ewigkeit, bis die Tür aufspringt, lieber wäre man zu Fuss gegangen.

Nehmen wir ein schöneres, ein schweizerischeres Bild mit derselben Merkwürdigkeit. Ein Wasserfall, wie er z.B. im hintersten Schächental kraftstrotzend über einem Talsturz hängt. Die Langsamkeit in der Wucht. Das Wasser in der Luft seilt sich langsam ab, von einem Sturz kann man eigentlich nicht reden. Fast ironisch bremst es den eigenen Fall. Es ist, als ob die Schwaden zum Betrachter sagen würden: Nur keine Emotionen, Freund! Wir arbeiten da sehr nach Mass. Aber ein Foto dürfen Sie schon machen.

All das muss der Betrachter in den Blick nehmen. Sein Blick muss es umschliessen, nicht umgekehrt. Der Betrachtende, der Schreibende setzt eine Beharrlichkeit und eine Weite des Blicks ein, die er sich vom Gegenstand nicht vorschreiben lässt. Die aber doch Mass nimmt an den Ansprüchen, die der Gegenstand selber erhebt. Das heisst denn: Man muss die Schweiz gründlich erfassen, sie gut kennen, aber nicht schweizerisch über sie schreiben. Das nenne ich den Normalblick. Von einem, der hier geboren wird, sagt man ja schliesslich nach wie vor, er sei auf die Welt gekommen, nicht auf die Schweiz. Es gibt Schweizer Obst, Schweizer Käse, Schweizer Wein: aber ein Schweizer Schreiben gibt es nicht. Auch wenn das schon viele gemeint haben.

Man soll nicht mit Liebe über die Schweiz schreiben. Liebe macht blind, diese Gefahr ist am grössten bei kleinen Sachen. Aber auch nicht mit Hass. Das noch weniger, weil der in den meisten Fällen ein abgeleiteter Bruder ist. Der darum als Zweitgekommener mehr sehen sollte (und ja meistens auch mehr zu sehen vorgibt), aber sein Mass nimmt von dem, den er ablehnt. Seine Befangenheit ist noch heftiger als die der Liebe.

Schon viele, sehr viele haben über die Schweiz geschrieben. Ich frage mich, ob andere kleine Länder wie etwa Holland oder Belgien auch eine so beträchtliche Selbstliteratur kennen. Ein dauerndes Nagen am Eigenen, wahrscheinlich einmalig in Europa. Viel Fleisch, scheint es, ist nicht an dem Knochen, und dieser bleibt, was er ist: hart und stark. Höchstens abgeschabt wird er ein wenig. Kann da einer einmal darüber hinauskommen? Auf jeden Fall müsste die Selbstbefassung auch zum Thema gehören: Teil des Gegenstandes Schweiz.

Wahr ist: Der Gegenstand ist trocken und bleibt es. Denn mal abgesehen vom Gestein der Alpen und des Jura: unsere Grundlage, auf der wir uns festhalten, ist Mergel, Sandstein und Nagelfluh. Beim Schreiben meines Textes hatte ich oftmals das Gefühl, Kies zwischen den Zähnen zu haben: es knirschte. Man muss sehr viel Wasser im Mund haben, um die Materie feucht oder, darauf kommt es ja um des Lesers willen dann an, flüssig zu halten. Wie früher beim Zementmischen, wo die Arbeiter köstliche Kannen voll Wasser hineingossen, da blieb man dann stehen und schaute zu, die Vermengung des Trockenen mit der blitzend klaren Flüssigkeit machte geradezu Appetit.

Dreissig Jahre (Kindheit und Jugend nicht mitgezählt) bin ich in diesem Land herumgegangen, dann entschloss ich mich, die Sache einmal durchzuessen. Etliches verdanke ich dabei den mancherlei Studien, die vor mir gemacht wurden. Sie waren mir das Voressen, aber etliches davon liess ich auch unbeachtet liegen. Leiten lassen wollte ich mich von ihnen nicht. Oftmals, so scheint es mir, ist in ihnen das Problem, das eigentliche Schweizer Problem, mehr gespiegelt als wirklich angefasst worden.

Im Entlebuch steht ein Berg, der heisst die Schrattenfluh. Auch bei ihm kommen Wort und Aussehen in eins: das Wort mehr akustisch genommen. Die Schrattenfluh ist die Respektsfigur par excellence meines Textes. Ihr musste ich beikommen. Die Winde und der Regen, die seit Jahrtausenden gegen ihre Wände anstürmen, richten nichts an ihr aus. Im Gegenteil, wenn sich das Gewölk verzogen hat, recken sich ihre Zinnen umso schroffer in den Himmel. Ihre Gebärde ist wie ein Stirnrunzeln. Mit dem Berg darf man sich nicht duellieren, er mag das nicht. Er kennt vielleicht ein anderes Sehnen, eines weit in seinem Innern: Er möchte, wie in gewissen Alpensagen überliefert, aus sich herausrufen: «Ich lah's la gah!» Tatsächlich: In meiner Sicht ist dies das eigentliche unnennbare Sehnen in jeder Schweizerbrust.

Mit dem Berg habe ich etwas anderes gemacht: Ich habe ihn ausgegraben. Ich habe ihn auf eine Unterlage gehoben, die nicht von hier und doch unser aller Grund ist. Da steht nun der zähe Brocken Schweiz und wackelt. Falls man das von einem solchen Brocken sagen kann.

Einleitung

Die Schweiz ist einerseits ein Land, andererseits ist sie ein Problem.

Keiner, der in jüngerer Zeit über die Schweiz spricht oder schreibt, steht ausserhalb dieser Gleichung. Die Schweiz ist zweierlei: Land und Knacknuss. Da es ausserordentlich schwer erscheint, das vorgestellte Problem zu orten, läuft man fast immer so in das Thema Schweiz hinein, dass man zuerst einmal ihre Festgrössen beschlägt, als müsse man das Land noch einmal vorstellen. Man fängt immer wieder von vorn an. Keine Rede von der Schweiz, in der nicht von ihrer Kleinheit, von ihrer Viersprachigkeit, von ihrem föderalistischen Aufbau, von ihrer Neutralität gesprochen würde. Und dies, obschon ja die Schweizer all dies sattsam wissen und kennen. Es scheint hier immer wieder ein Einmaleins unseres Landes durchlaufen werden zu müssen. Nicht, dass man dabei dann stehen bleiben würde: Es soll ja dann etwas daran dargetan werden, man will etwas aufzeigen, ein Problem oder das Problem (das Schweiz-Problem), später dann, wenn möglich, einen Weg der Lösung oder Abhilfe bezeichnen. Aber durch einen festen Kanon von Grundgrössen, da, so scheint es, muss der Leser oder Zuhörer immer hindurch. Das Ganze ist wie ein Ritual, und man kann sich fragen, ob da der Redner, der Autor nicht unbewusst bereits etwas beteuern will, was selber zum Schweiz-Problem gehört, vielleicht zusammen mit der ganzen Leserschaft.

Unter den Festgrössen der Schweiz hat am meisten Anziehungskraft ihre organisierte Staatlichkeit. Spätestens nach drei, vier Sätzen landet jeder Sprecher beim Thema Staat. Er ist der grosse Magnet, er scheint unser ein und alles zu sein. Ist der Sprecher ein Politiker, so ist an dieser Vorwahl nichts Aussergewöhnliches; es sind aber auch die Denker, Publizisten, Literaten, die unweigerlich und wie die Motten vom Licht angezogen bei dieser Sache Einkehr halten. Und sind diese Leute auch in einer eminent kritischen Absicht ans Thema Schweiz herangetreten, so bringen sie meistens wiederum nach drei, vier Sätzen auf diese Staatlichkeit plötzlich einen Toast aus, wie hingerissen brechen sie in ein Lob aus, als würde damit etwas noch nie Geäussertes endlich einmal geäussert. Auch hier scheint es wieder um eine Beteuerung zu gehen, vielleicht diesmal um eine dringlichere: Es ist, als wollten sich die Autoren bei einer breiteren schweizerischen Leserschaft für die nachfolgende kritisch-sezierende Haltung entschuldigen oder jedenfalls ihre Leser versichern, dass sie sich bei all ihrer bohrenden oder gar nörgelnden Haltung im Einklang befänden mit dem Selbstverständnis einer bejahenden Einstellung zu unserem Staatswesen. Denkbar ist freilich auch, dass diese überschwängliche Liebesbezeigung ihnen so recht aus dem Herzen kommt; ich will das nicht ausschliessen. Dennoch wirkt es beim Fortgang ihrer Betrachtungen, wenn sie dann das Schweiz-Problem anvisieren und sich der Ton der Rede verdunkelt, immer ein wenig fatal, dass sie zuvor am Altar des vaterländischen Staates Blumen hingelegt haben. Fortan bleibt es an ihrer Rede haften, dass sie gleichsam contre-cœur argumentieren müssen.

Aber abgesehen von solchen mehr psychologischen Fragezeichen: Ich meine, dass man bei der Aufsuchung und Erörterung des Schweiz-Problems dieses diskursübliche Verfahren lassen soll. Es könnte sich nämlich um eine Sackgasse handeln. Man bespricht ja dann die Schweiz von ihren Auslagen her, von dem was sie an Gegebenheiten und Leistungen von sich vorzeigt, während es sehr wohl sein könnte, dass das vermutete Problem *hinter* diesen Dingen liegt. Will sagen: Es könnte sein, dass in den mancherlei Festgrössen des Landes Schweiz, die ja in der Betrachtung vom In- wie vom Ausland her etwas Exotisches haben oder etwas Sonderfälliges, sich das eigentliche Schweiz-Problem *versteckt*, in dem Sinn, dass es sich in ihnen bloss spiegelt, um nicht zu sagen: sich in ihnen gleichsam instrumentalisiert. Es ist gar nicht sicher, ob man bei der landesüblichen Besprechungsmethode das Pferd wirklich am Kopf aufzäumt: vielleicht ist es der Schwanz, mit dem das Pferd so auffällig wedelt. Oder, verdrehter gesprochen, vielleicht müssen wir das Pferd an seinem weniger beachteten Schwanz aufzäumen, weil nämlich vertrackterweise nicht feststeht, was in der Schweiz wirklich Kopf und was Schwanz ist. Je länger man in das Phänomen Schweiz hineinstarrt, desto mehr kann es einem nämlich dämmern, dass wir da insgesamt so etwas wie ein Vexierbild vor Augen haben.

Ich werde also nicht «die Schweiz» in den Vordergrund der Besprechung rücken, ich werde von ihren Menschen reden, den Schweizern. Genauer: nicht von den Schweizern, sondern vom Schweizerischen. Ich will die Wesensart der Schweizer untersuchen, ihre Mentalität. Ich werde an ihr ein Verständnis, ein Vorverständnis aufdecken, das die Schweizer vom Leben haben: einen Lebensplan, der einer eigentlichen Lebensstrategie entspricht. Die Schweizer gesamthaft sind darin eingebunden. Es ist dabei unerheblich, dass einige zehntausend Leute, vielleicht auch einige hunderttausend, für sich und an ihrer Person vielleicht nichts «Schweizerisches», eine schweizerische Wesensart oder dergleichen als individuelle Züge tragen. Interessant, dass und wenn sie es nicht tun: mehr nicht. Entscheidend ist, dass alle unter dem gleichen Zelt und Deckel oder einer Glocke stehen, die alles bestimmt, was sie reden, tun, leisten, sind: zu einem gewissen Teil bewusst, zu einem wesentlichen allerdings unbewusst. Es macht auch nichts, wenn man die Wörter Wesensart und Mentalität, die ich jetzt gebraucht habe, schemenhaft, schwammig, unscharf oder veraltet findet – zu denken an die alte Landi 1939, wo in einer merkwürdig schrill-gestelzten Pathetik von einer «Kundgebung des schweizerischen Menschen» gesprochen wurde, als wären wir ein Teil von Germania! – ; es tut auch nichts zur Sache, dass heute, gerade heute, wo die Schweiz oder ihre Identität immer verschwommener wird, wo eine Schweizheit der Schweiz immer mehr, jedenfalls von den Jüngeren, bestritten wird und zwar mit sehr triftigen Gründen, diese Wörter gar nichts mehr zu suchen haben wollen: Es ist dennoch so und liegt grell auf der Hand, dass die Gesamtheit der Schweizer wirksam von diesem Lebensentwurf determiniert ist: gestern, heute, morgen.

Der Leser würde mich missverstehen, sollte er nun nach dem Gesagten annehmen, ich würde die Festgrössen der Schweiz, ihre Schau- und Leistungsseiten, nicht gebührend wahrnehmen oder finde an ihnen nichts Aussagewürdiges. Es ist im Gegenteil so, dass die ständige rituelle Anmahnung dieser Dinge im pausenlosen Schweiz-Diskurs wie ein lautes Summen ist, das unablässig in meinen Ohren tönt, so lange ich denken kann. Es ist gerade so, dass ich durch dieses Summen *hindurch* zur Erkenntnis gelangt bin, dass das eigentliche Schweiz-Problem ausserhalb davon situiert ist, aber so, dass dieses Gesumme, dieses thematische Vorwölben als seine aussagereiche Ummantelung auftritt. Ich werde darum in meiner Studie, ohne den Blick vom zu untersuchenden Schweizer Lebensplan abzuwenden, etliche dieser einschlägigen Helvetica berühren und da und dort einen grösseren oder kleineren Faktor herausheben, der meine Beobachtung illustriert: als Beleg einer Mentalitätsäusserung, nicht als ihren Grund. Kausalgesetzlich gesprochen werde ich also die Landes- und Staatsfaktoren, diese ganze Möblierung unserer nationalen Existenz als etwas Abgeleitetes, Sekundäres behandeln, aber als etwas, wodurch die untersuchte Mentalität sich sozusagen materialisiert, sich in Ausweisen oder Belegen ihrer selbst dokumentiert.

Und nun, lieber Schweizer Leser, gehe ich auf dich frontal zu: Ich werde dir Vortrag halten. Folgerichtigkeit und eine gewisse Strenge wird meine Rede begleiten und vor allem jene gewisse Breite der Gedankenfront, die ich in meiner Vorrede angetönt habe. Namentlich werde ich dir, du vertracktes Wesen, keine Ausflüchte gestatten. Es ist mein Ehrgeiz, dich ganz in den Griff zu nehmen. Warum hier dieses Wedeln mit dem Zeigefinger, im Dialekt «Mei, mei» genannt? Es gehört eben, wie zu zeigen sein wird, zu den innersten Zonen des Schweizer Lebensverständnisses, dass es geschult ist, allem und jedem ein Schnippchen zu schlagen, wie ein Hase, der unter allerlei Haken sich in seinen alten Bau zurückzieht. Dabei geht es indessen weniger um ein Fluchttalent als um das geschulte Vermögen, an jeder Sache durch Drehung die eine Seite durch die andere zu ersetzen, so lange, bis die Sache selbst verduftet ist, obschon sie doch weiterhin da ist. Oder wie es der in der Schweiz lebende Engländer Paul Bilton aus seiner tonlosen britischen Gemütsecke heraus ausdrückt: «Sie haben den Dreh heraus, wie man in jeder Situation die Kehrseite der Medaille erkennt.»

Ein stoisches Volk

Unter den grossen Denkern und Weisen des Altertums war bei den Römern Seneca der grösste. Er entfaltete in essayistischer Breite eine Philosophie, die die Griechen ins Leben gerufen hatten. Darin wird das Vorhaben entwickelt, wie der Mensch in einem Verfahren allseitiger Bedachtsamkeit über die mannigfachen Erhebungen, Zumutungen und Anfechtungen, wie sie ihm das Leben zuführt, Herr werden kann, diese gleichsam unter sich lassen kann. Glück oder Leid, Lust, Genuss oder Schmerz, sei dies in Reichtum, Macht oder Ehre, in Armut, Krankheit, Gefängnis oder Exil, sodann seelische Aufwallungen aller Art wie Sehnsüchte und Erwartungen, des weiteren die Anfechtungen der Leere und Langeweile, die depressive Verzweiflung und last but not least die Aussicht auf den ihn unwiderruflich ereilenden Tod vermag der Mensch, so verspricht Seneca, stets unter dem Daumen zu halten. Eine Gleichmütigkeit des Seins überhebt den Weisen all dieser Dinge. Diese bestehen nämlich, sagt der Denker, in blossen Affekten, die die eigene wohlbedachte Fassung bedrohen. Um sein Ziel zu erreichen, zieht sich der Weise nicht etwa von den Menschen zurück, er wirkt im Gegenteil mitten unter ihnen. Er lebt, und gleichzeitig ist er dem Leben selbst überhoben. Und enthält dieser Satz auch einen Widerspruch, so legt Seneca auch auf diesen wie auf eine besonders hartnäckige Widrigkeit seine Hand: In bestimmten schweren Lagen, so erklärt der Philosoph, wo das Leben dem Weisen die Erhaltung der einen und entscheidenden Contenance nicht mehr möglich mache, habe er das Recht, «aus dem Leben auszuwandern», sich zu töten. Seneca, Erzieher des Kaisers Nero und kurze Zeit sogar Reichsleiter des römischen Imperiums, setzte diesen Vorsatz in die Tat um, als er von Nero der Mitverschwörung gegen seine Herrschaft angeklagt wurde. Den Freitod wählte er, damit nicht etwa ein anderer als er selbst über sein letztes Geschick entscheide. Nicht das Leben war ihm das höchste der Güter, sondern die integrale Wahrnehmung seines selbstständigen und souveränen Ichs.

Seneca war ein Aristokrat. Er war im übrigen einer der reichsten Männer der damaligen Welt, lebte aber, so behauptete er, in all seinem Reichtum innerlich so unabhängig und gelöst, als ob er bedürfnislos wäre. Seine Lehre war zwar universal gedacht, für alle Menschen, richtete sich aber doch nur an solche berufene Einzelne, die bereit wären, mit ihr und ihren Anforderungen im Leben ernst zu machen.

Die Philosophie Senecas, seiner Vorläufer und Jünger hiess oder heisst die Stoa oder der Stoizismus, ihre Anhänger waren die Stoiker. Die stoische Weisheitslehre hat die europäische Geistesgeschichte in ihrem Nachdenken über Leben und Tod nachhaltig beschäftigt.

Nach dem Mittelalter richtete sich nördlich der Alpen das Volk der Schweizer mit einer Lebenshaltung ein, die mit der geschilderten irgendwie verwandt ist. Unmöglich zu sagen, ob schon im 15. Jahrhundert die Leute hier von ihr bestimmt waren oder ob sich das erst später, im Wechselspiel mit der eigenen Geschichte, so ergab. Wahrscheinlich verfestigte sie sich einfach mit der Zeit. Zeit war ja bei der auffallend langen Wegstrecke, die die Schweizer Geschichte durchlief und auf der sie von aussen kaum gestört wurde, reichlich vorhanden. Ab dem 19. Jahrhundert und vollends im 20. ist sie das feste Gefäss, in dem wir sitzen. Aber nicht aus einem philosophischen Entwurf lebt diese Haltung, noch ist sie auch nur im mindesten aristokratisch motiviert. Im Gegenteil, ihr Träger ist ein ganzes Volk. Ein Volk von Stoikern, wahrscheinlich das einzige seiner Art, das es je gegeben hat.

Wie weit hergeholt unser Vergleich mit jenen noblen und merkwürdigen Männern der Antike auch sein mag, in einem Punkt sind sich Seneca und das Volk der Schweizer nicht nur ähnlich, sondern genau gleich: Ihre Einstellung zum Leben ist umfassend. Sie ist total. Ihr Konzept ist vollständig durchgebildet, lässt keine Lücken offen. Nur geschieht das bei den Schweizern, im Unterschied zu jenem denkenden Humanisten, mehrheitlich ohne Reflexion, und irgendeine systematische Absicht fällt bei ihnen ganz ausser Betracht. Es ist überhaupt das Gegenteil eines «Systems». Aber total, das ist es. Merkwürdig genug: Nichts scheint weniger zur Schweiz zu passen als dieses Wort und seine Steigerung, das Totalitäre. Und doch ist genau dies der Fall. Davon wird dann hier erst viel später die Rede sein.

Die Lebenshaltung des Schweizervolkes besteht in einer *Handhabung* des Lebens. Sie stellt eine gemeinschaftliche Übereinkunft dem gegenüber dar, was das strömende, offene, selbsttätige Leben ist oder sein kann. Sie trifft von allem Anfang an eine Wahl, mithin eine Auswahl gegenüber dem Lebensmöglichen. Das Lebensgefühl der Schweizer übt Regie oder Aufsicht über das Leben; in gewissem Sinn stellt es sich darüber, indem es sich ihm gegenüber versichernd oder verfügend verhält. Den Schweizern ist ihr Leben, ihr ganzes Leben, eine Art Bewerkstelligungsaufgabe, bei welcher unter Gewähr gestellt wird, wie man dem ungeschützt offenen Leben beikommt.

Wörter wie Handhabung und Bewerkstelligung gehören zu Geräten und Gerätschaften, die man bedienen muss, in Betrieb nehmen muss. In der Tat ist der schweizerische Lebensbegriff ganz und gar pragmatisch orientiert, so sehr, dass das Pragmatische hier fast so etwas wie ein Prinzip ist, was aber eigentlich nicht sein kann, da das Pragmatische und das Prinzipielle sich schärfstens ausschliessen. Dem pragmatischen Lebensbegriff entspricht es, dass es zu ihm keinerlei Anleitung, keinen Leitfaden gibt. Nirgends wird man darin instruiert. Das ist auch nicht nötig, denn in der Schweiz kommt man mit diesem Lebensbegriff schon auf die Welt. Hier macht das Stoische die Mentalität aller aus. Es ist das selbstverständliche Anliegen einer Grossgruppe, eine Gruppen-Stoa. Das ehedem, in der Antike, individuell motivierte Unternehmen ist sozusagen demokratisiert. Zu sagen, die Mehrheit schreibe es vor, ist dennoch nicht richtig: zu einer Vorschrift besteht gar kein Anlass, die Sache ist gegeben. Im Lande, wo der Bürger über alle Beschlüsse befragt wird, wird man darüber nicht befragt. Das wäre auch gar nicht machbar, Mentalitätsfragen sind keine Abstimmungsvorlagen, Staats- und Verfassungsrechtler würden den Kopf schütteln. Merkwürdig ist dies dennoch, da man doch in der Schweiz im festen Bewusstsein lebt, dass zu allem, was im Leben sein und gelten soll, alle nach ihrer Zustimmung befragt werden. Dass du nicht gefragt wirst, ob du jemals ein Stoiker sein wolltest, bedeutet nicht, dass man rücksichtslos über dich hinwegging, sondern nur, dass es diese Frage gar nicht zu geben scheint. Das Einverständnis in dieser Sache war gegeben lange bevor sich eine sie betreffende Frage meldete; diese ist daher unmöglich.

Dass die Schweizer nun mit dieser Angelegenheit etwa im reinen leben, trifft gleichwohl nicht zu. Zunächst sind da einige zehntausend oder hunderttausend Bürger, die mit dieser Mentalitätsvereinbarung nicht einverstanden sind. Sie stossen sich an dieser Sache, täglich, jahrein jahraus, auch wenn sie sie eigentlich nie auf den Punkt bringen, den ich hier ausspreche. Sie stehen in einer dauernden latenten oder offenen Unzufriedenheit mit diesem vorgegebenen Einvernehmen, einzelne sogar in offenem Hass, wobei dieser aber oftmals eher Hassliebe ist, weil sie nämlich das Einvernehmen als solches durchaus lieben, bloss ein anderes meinen, ohne allerdings sagen zu können, wie dieses andere denn zum Einvernehmen auch der Übrigen werden könnte. Etliche von ihnen, zumal in den Städten, stellen sich offen ausserhalb des schweizerischen Lebensverständnisses, arbeiten ihm entgegen, leben in Inseln und Nischen, in welchen sie von seinem Zugriff frei zu sein scheinen: Künstler und Kreative, Nonkonformisten und offene Abweichler, die in Altstadtlokalen ihre Sitzungen haben, als Filmer in Hinterhöfen einem andern Lebensentwurf nachspüren, als Oppositionelle das freie offene Wort ergreifen. Gegenüber diesen Sondergruppen hat es die Mehrheit noch leicht: Sie könnte sie als Randständige begreifen. Nicht aber gegenüber jenen zahlreichen andern: still und unauffällig lebende Bürger, denen der stoische Lebensentwurf überhaupt nicht entspricht, die sich diesem aber zumeist unbewusst anbequemen, ohne ihm jemals ihre Zustimmung geben zu können. All diese Leute zusammen stellen wohl eine Minderheit dar, immerhin vielleicht eine grössere als man gemeinhin meint, jedenfalls eine weit grössere, als es in der Schweiz, dem Land mit dem fein entwickelten Minderheitendenken, die Rätoromanen sind, deren Anliegen schützen zu wollen jeder Schweizer, auch wenn er auf dem thurgauischen Seerücken oder in der Ajoie lebt, jederzeit laut und deutlich kundtut. Sollten nun all diese Nichtkonformen einen fehlenden Minderheitenschutz beklagen, so wäre ihr Vorwurf dennoch fehl am Platz. Ihre Unzufriedenheit und ihr Hass, soweit er die sie überdachende Mehrheit betrifft, ist bei aller Begreiflichkeit doch nicht gerechtfertigt. Sie haben eben der Problemsache nicht auf den Boden geblickt. Es kann eben nicht sein, was nicht sein kann. Wie jeder Schützer kann auch der

Minderheitenschützer niemanden schützen, wenn dabei der Boden, auf dem der Schützer selbst steht, auf dem Spiel steht. Dieser Boden ist aber für alle gedacht, man hat dies nur nicht ausgesprochen. Genauer: Der Schützer hat sich dasnicht klar gemacht. Das bedeutet dann auch: Er weiss es gar nicht.

Es liegt an diesem Nichtwissen, dass die Mehrheit den gegen ihr Lebensverständnis Opponierenden zumeist nicht eigentlich entgegentritt, sie nicht zurechtweist, ihnen eigentlich gar nicht entgegnet, sondern *schweigt*. Kritiker, die die Schweiz oder das Schweizerische tadeln, sagen ja immer wieder, dass ihr Wort ungehört verhallt sei. Der «Dialog» sei nicht «angenommen» worden. Dieses Schweigen werten sie mit Vorliebe als ein kaltes, hämisches oder böswilliges Beschweigen, ja geradezu als eine Art Mobbing. Ich glaube nicht, dass das zutrifft, jedenfalls ist es nicht das Motiv. Bei diesem Schweigen geht es um einen Nationalfaktor, der aus einer Art Theorielücke, einer Aporie hervorgeht, die dem stoischen Lebensentwurf anhaftet. Man *kann* gar nicht reden. Es liegt nicht einmal an Ratlosigkeit (auch wenn das der Wahrheit schon näher kommt), es liegt daran, dass es in diesem Punkt für ein Reden gar keinen Boden gibt. Hier hat dann auch, zum Teil wenigstens, die bekannte Redensart vom «schweizerischen Holzboden» ihren wahren und wirklichen Grund. Jene, die die Einwände erheben, stehen eben ausserhalb des Terrains der umfassend gedachten Mentalität. Für die Minderheit, die sich selbst überlassen bleibt, gibt es keine Lösung. Sie sollte, wenn sie nicht gerade «aus dem Leben auswandern» will, wenigstens in ein anderes Land auswandern. Und eigentlich müsste sich die Mehrheit um sie nicht kümmern; sie könnte ja mit ein bisschen Zynismus sagen: In jedem Land gibt es Gruppen, die aus diesen oder jenen Gründen zu kurz kommen, anderswo ist das viel selbstverständlicher als bei uns. Und gewiss hätte sie recht damit. Aber genau das ist der Schweiz unmöglich, aus Gründen, die den schweizerischen Staat, gerade ihn, ja erst ausmachen. Es ist uns nicht möglich, eine Minderheit auszugrenzen: Minderheiten werden von unserem Staat genauso geachtet wie die Mehrheit, das macht ja unseren Staatsgedanken erst aus, gerade bei uns lassen sich diese Grössen gar nicht gegeneinander verrechnen. Alle Schweizer sind Schweizer. Jene, die den schweizerischen Lebensentwurf nicht teilen, sind genau so gute Schweizer wie die andern: das sagen nicht jene, das sagt die Schweiz. Und doch haben sie den Lebensplatz nicht, auf dem sie stehen können. Das Problem ist unlösbar, es ist eine Antinomie. Zu denken dabei, dass von all diesen nicht bezifferbaren «unschweizerischen» Schweizern die meisten seit ihrer Geburt Schweizer sind, ja dass bereits ihre Vorfahren Schweizer waren, und dass täglich neue solche auf die Welt kommen. Über ein solches Dauerproblem könnte die Schweiz eigentlich unmöglich hinweggehen. Und doch tut sie es, weil sie nicht anders kann, und sie kann nicht anders, weil sie es nicht weiss.

Ich behaupte nun aber weiter, dass in der Schweiz auch die Mehrheit mit ihrer eigenen Lebensvereinbarung in einem gewissen dauernden Zwiespalt steht. Jedenfalls hat sie nicht ein von Grund aus affirmatives, das heisst wirklich zustimmendes Verhältnis zu ihr. Nicht, dass sie sich direkt so zu erkennen gibt, sich offen so ausspricht. Das wäre kaum möglich, da es ja um ihre Mentalität geht, also um etwas Vorbewusstes, Nichtreflektiertes, das älter und stärker ist als Bewusstsein. Es kommt mehr in einem Beiläufigen und in etwas Indirektem zum Ausdruck, mehr in einer Art Unter- oder Oberton ihrer Äusserungen oder ihres Verhaltens. Am tiefsten Grund ihrer Selbstbejahung liegt bei den Schweizern ein Element von Verteidigung. Ihre Zustimmung zum Eigenen trägt Züge einer ständigen leisen Beschwichtigung. Ihr Ja ist mehr ein verschwiegenes Doch, mit welchem sie auf eine Stimme in ihrem eigenen Innern Antwort geben. Wie gesagt, dies wird mehr indirekt sichtbar, es verrät sich mehr, als dass es sich kundgibt, und das zeigt sich auch im Öffentlichen Raum immer wieder. Wenn einer ihrer positiven Denker – was heute seltener geworden ist –, einer, der die schweizerische Lebensvereinbarung bewusst bejaht, also ein schweizerischer Schweiz-Denker wie etwa Karl Schmid einer war, diese ihre gemeinsame Mentalität darlegt, erläutert und preist, dann beginnen alle mit dem Kopf zu nicken, als hätte vorher irgendwer oder irgendetwas in ihrer Brust Nein gesagt und als sei dieser Widersacher nun durch den öffentlich hervorgetretenen Sprecher endlich zum Verstummen gebracht worden. Dieses Kopfnicken erfolgt im Wesentlichen ohne Worte. Alsdann werden Karl-Schmid-Gassen eröffnet und Karl-Schmid-Gedenktafeln enthüllt, und es scheint dabei, man müsse das gar nicht näher besprechen, es sei eigentlich selbstverständlich.

Karl Schmid (von dem weiter unten näher die Rede sein wird) hatte eben den meisten aus ihrem Unbewussten heraus gesprochen.

Die genannten latenten Selbstzweifel sind aber auch bei allen öffentlichen Verlautbarungen der Schweiz gegenwärtig, bei Sonntags- und Festreden bis hin zu Jubiläumsansprachen und feststellenden Statements des Bundesrates, bei denen immer irgendwelche Schäfchen ins Trockene gerufen werden müssen: Immer ist da ein apologetischer Zug am Werk. Und es ist nicht so, dass dieser Ton irgendwelchen Oppositionellen zugedacht ist: Sprecher und Angesprochene richten sich damit insgeheim an sich selbst. Davon legt auch der Gestus des Selbsterzieherischen, der Selbstermahnung Zeugnis ab, immer findet da so etwas wie ein Einpauken statt: Leute, seid Euch doch bewusst, wie gut wir es haben, das ist wegen dem und dem, aber wir müssen uns anstrengen, uns das zu erhalten, so was fällt einem nicht einfach in den Schoss, darum, o Leute, es gibt noch viel zu tun, packen wir es an, usw. Selbstrechtfertigung (aber wo war der Ankläger?) und pädagogischer Appell (aber waren denn die Leistungen ungenügend?) sind stetige und auffallende Elemente der schweizerischen Selbstverlautbarungen. Hierin zeichnet sich der Vorgang eines halben Gewahrwerdens dessen ab, was in der Mentalität als etwas Ungelöstes verborgen ist.

All die Fragen, die ich in diesem Kapitel aufgeworfen habe und die den schweizerischen Lebenskosmos bereits als einen sehr problematischen umreissen, rühren daher, dass das Stoische eben über alles Mögliche Herr ist, nur nicht über sich selbst.

Die Mitte als Behelfsform des reduzierten Lebens

Der schweizerische Lebensbegriff trifft von Anfang an eine Wahl, mithin eine Auswahl gegenüber dem Lebensmöglichen. Indem diese Wahl zugleich eine gemeinschaftliche Vereinbarung ist, fällt sie so aus, dass das Ausgewählte dem Bedürfnis des Kollektivs Genüge tut. Es ist also von der Art, dass es einverständnisgerecht ist.

Das da geht von Anfang Hand in Hand: die Auswahl am Ganzen des Lebensspektrums und die Erzielung der Einmütigkeit (im lateinischen Fremdwort: Konkordanz). Der Wahlakt ist auf den grössten gemeinsamen Nenner ausgerichtet. Dieser findet sich im Begriff der Mitte.

Mitte ist zugleich ein Wort, das stattlich anmutet und das sich als der wesentliche Teil einer Sache auffassen lässt, als ihre Hauptsache, da das Mittelstück einer Sache ja das zentrale ist. Leicht kann man bei der Mitte auf den Gedanken kommen, es handle sich bei ihr um ein Ganzes, nämlich in Form einer Verwesentlichung.

Dessenungeachtet bleibt bei solcher Zentrierung, also Ausrichtung auf die Mitte wahr, dass es sich bei ihr um eine Reduktion der möglichen Bandbreite des Lebens handelt. Auch das Mittelstück einer Sache ist bloss ein Ausschnitt der Sache. Fortan arbeitet man, ob man es weiss oder nicht, mit einer Abschmälerung des Ganzen.

Bei den beiden Dingen, die da Hand in Hand gehen, lässt sich nicht auseinanderhalten, was da erste und was zweite Hand ist. Fest steht nur ihre Verschränkung, fest steht, dass sie sich in der Wahl der Mitte gefunden haben und dass damit zwei Willensäusserungen erfüllt sind, indem sie dort zur Deckung kommen.

Und zugleich kommt da, in der Kongruenz, noch ein Drittes unter. Bei einer Sache, deren Ausdehnung und Umrisse ungewiss sind, ist ihr Mittelbereich zugleich ihr verlässlichster Bereich. Nirgends ist man einer Sache so sicher wie in ihrer Mitte. Denn ihre anderen Bereiche liegen in Richtung ihrer Ränder. Dort weiss man nicht, wo die Grenze liegt: Ob sie weiter weg ist als man gedacht hat (aber wie weit?) oder etwa viel weniger weit (aber wie nah?). Schliesslich muss ja dort dann die Sache einmal enden, irgendwo verliert man sie einmal. Wirklich sicher ist man nur in der Mitte. Heisst diese Sache nun das Leben, so hat man vollends die grosse Unbekannte vor sich. Nichts von Sicherheit weiss man über ihre Ausdehnung. Es ist wie mit dem Weltbild im Altertum: Die Erde ist eine Scheibe, und was danach ist, weiss man nicht. Vielleicht stürzt man an ihrem Rand ins Nichts. Vielleicht geht dort die Erde weiter, bloss man weiss es nicht. Am besten, man hält sich gegen das Innere des bekannten Festlandes zu. Eine solche gemutmasste Scheibe ist das Leben. Zwar sind die Schlüsse ihrer Binnenbewohner über das Ausmass dieser Scheibe, solange sie sie nicht erkunden, nichtig. Aber so viel ist wahr: sie verleihen Sicherheit.

Erst mit diesem Dritten, das mit den zwei anderen Elementen verschränkt wird, ist der stoische Lebensschluss der Schweizer komplett. Ganz ohne Theorie, ganz ohne einen Bauplan, der sich aufzeichnen liesse, hat er sich vervollständigt. Die Willensstränge, die zu ihm hinführen, lassen sich zwar im Einzelnen bezeichnen, aber doch nicht auseinanderhalten. Sie wirken im Verbund, in der Verschränkung, in der Verstätung. Man könnte auch sagen: in der Vernagelung, weil mit diesem Wort ein sehr solides, zugleich für das Verstehen sehr vertracktes System der Verbindung ausgedrückt ist. Das so zustande gekommene Ganze sperrt sich gegen jede Analyse, soweit eine solche nach seinen Teilen oder Bausteinen fragt, sich nach einer ursächlichen Priorität unter denselben erkundigt. Die Teile dieses Ganzen haben eben, gutschweizerischer Ausdruck aus dem politischen Leben, «es Päckli» miteinander gemacht, was auch «es Päktli» heissen kann. Auf alle Fälle ist da nun eine Lebensform entstanden, die ausserordentlich solide ist und die darüber hinaus, wenn auch unbewusst, die Funktion eines eigentlichen Lebensplans hat. Dessen höchste Stabilität liegt, zugespitzt ausgesprochen, womöglich gerade darin, dass er überhaupt ausserhalb von Argumenten, jenen Kraftmitteln des begründenden und sich Rechenschaft gebenden Denkens, liegt. Er hat solche überhaupt nicht nötig, ist er ja seinerzeit doch ohne solche entstanden. Aber so merkwürdig das nun ist, so ist es doch nicht verwunderlich. Dieser Lebensschluss ist eben auf einem besonderen Instinkt der Schweizer erwachsen, ihrem Pragmatismus, den ich im Lauf meiner Untersuchung, im Zusammenhang mit anderen Basiseigenschaften des Schweizerischen, mehrfach berühren und erörtern werde. Fürs erste ist es an dieser Stelle genug, über den so gewirkten Lebensplan zu staunen. Seneca in all seiner Weisheit ist nicht dahin gelangt, einen solchen Stoizismus zu begründen, der ganz ohne Bücher, Schriften und philosophische Wandelhalle auskommt und der zudem nicht bloss einzelne ausgewählte Individuen festhält, sondern ein ganzes Volk. Im Unterschied zum römischen Stoizismus macht dieser schweizerische den Staat als ordnende Lebensmacht eigentlich überflüssig, denn er stellt diesen, sozusagen in der geistigen Hinterschrift, bereits dar. Wahrlich eine staunenswerte Sache. Wäre am schweizerischen Lebensplan ein eigentliches Ingenium beteiligt, ein Erfindergeist, man müsste von einem Geniestreich der Schweizer reden.

Mit der Wahl der Mitte ergeben sich Dispositionen der Einstellung und des Verhaltens, die einerseits den stoischen Zugriff auf das Leben verstärken, andererseits einen gewissen Komfort verleihen, der die Tatsache der Lebensreduktion als einen Gewinn an Stattlichkeit erscheinen lässt. Auch für den antiken Stoiker ergab sich aus seinem Schritt, die Zügel disponierend über das Leben ausgeworfen zu haben, der Eindruck einer besonderen Nachhaltigkeit des Daseins.

Die Mitte verleiht dem stoischen Willen zur Regie des Lebens seinen natürlichen Aktionsplatz. Von da schaut er sich nach allen Seiten um. Die Mitte ist am weitesten von den Extremen entfernt – das Wort hat ja ursprünglich rein räumliche Bedeutung, es ist das zu äusserst Liegende – , und zwar von den Extremen in jeder Richtung, dadurch werden alle Extreme gleich behandelt. Die Mitte eignet sich zur gleichmässigen Reserve gegenüber allen Extremen. Liegt da ein distanzierendes Verhältnis vor, so aus dem gleichen Lagegrund wiederum ein verbindendes. Die Mitte liegt im Bezug auf jene Extreme, die für einander selbst die extremsten sind, nämlich die sich gegenüber stehenden, genau dazwischen. Darum eignet sich die Mitte für die Tätigkeit der Vermittelung. Genau genommen ist es keine Eignung, sofern man darunter eine Befähigung nach Art einer Tugend versteht: Es ist ihre feste Eigenschaft, die mit ihrer planimetrischen Lage gegeben ist. Nicht eine verdienstliche Leistung wird in der Vermittelung erbracht, sondern es fällt einem hier etwas zu, was mit der Lage der Mitte geschenkt ist, mit ihr gleichsam eingeheimst wurde. Diese ist von selbst Kreuzungsplatz der Kraftlinien zwischen den Extremen: Sie ist auf paradoxe Weise Metropole der Extreme, paradox, weil sie selbst dabei keinen Anteil an der Natur der Extreme hat.

Diese Extreme nun, aufs wirkliche Leben übertragen, finden sich in jenen polaren, einseitigen, «exzentrischen» Anmutungen, die das offene strömende Leben immer wieder hervorbringt und die, mindestens fürs Erste, eine diskordante Wirkung zeigen. Sie stellen, indem sie solche Diskordanz hervorrufen, die Spannungen, die Differenzen, den Zwist und den Streit dar, die es unter den Einzelmenschen wie innerhalb der Gemeinschaft immer wieder gibt, und damit die Gefahr ihrer Entzweiung. Hier erscheint in ihrer Mitte der Vermittler und stiftet Versöhnung, Schlichtung und Ausgleich. In der Mitte zwischen allen wohnend und gleichmässig in die Runde blickend, macht er die Vernunft seiner Mittellage geltend. Wichtig dabei: Er fühlt sich dazu durch die andern *gerufen*, für sich allein würde er hiezu nicht tätig, wie sollte er auch, er ist ja ganz anderer Natur. Es sind die andern, nicht er, die ihn in Betrieb gesetzt haben; sollten ihm die andern sein Tätigwerden danken, so doch auch er ihnen, dass sie ihm sein Profil verliehen haben. Was diese Disposition zur Vermittlung angeht, so ist darum bei den Schweizern nicht Wilhelm Tell die angemessene mythologische Figur, sondern Niklaus von Flüe. Dieser trat in einer Zerreissprobe des jungen eidgenössischen Bundes aus seiner Klause hervor, um zu vermitteln. (Sein Wohnsitz, das Kleine Melchtal, fällt übrigens mit dem Mittelpunkt, genauer gesagt mit dem Schwerpunkt der Schweiz zusammen, wie ich einer geografisch-tektonischen Berechnung entnommen habe). Während es dagegen mit der Aufnahme Wilhelm Tells in den Landesmythos der Schweiz schon immer Probleme gab, unter anderem eben deswegen, weil er als Rebell eigentlich zu den Extremisten zählt. Nicht so mit dem Obwaldner Einsiedler: Er ist in sich stimmig. Seine Gestalt eignet sich zugleich noch für eine andere Seinsfigur des Schweizerischen, von der im nächsten Kapitel die Rede sein soll: jene der mystischen Abstinenz. Da wir hier mit dem heiligen Niklaus nun etwas Mittelalterliches berührt haben: Die Vermittelungswirksamkeit des Schweizerischen gegenüber den Extremen erfüllt ein Ziel, welches in der Theologie jener Zeit ein tiefes Geheimnis war: coincidentia oppositorum. Was hier im doppelten Sinn als ein «Zusammenfallen der Gegensätze» verdeutscht werden kann: als ein unter dem Zugriff der Vermittlung erfolgendes Einig- und Einswerden, und als ein Aufhören, mähliches Erlöschen des Gegensätzlichen. Betont sei nochmals, dass solche Leistung des Schweizerischen mit der Mediatisierung der Lebensvorstellung von selbst einhergeht: sie ist etwas, was mit ihr sozusagen anfällt, wie ein Surplus, fortan liegt sie zum Gebrauch bereit. Sie ist etwas Abgeleitetes und Indirektes, da für ihre Entfaltung der Impuls der Aussenzonen unabdingbare Voraussetzung ist, mit denen die Mitte nicht wesenseins ist.

Ähnlich wie bei der Vermittlung steht die Sache bei der Befähigung zum Kompromiss, der als tragendes Element den Konsensus in der Schweiz herbeiführt. Die Schweizer setzen da für eine ihrer herausragenden Verhaltenstugenden ein Wort ein, das eigentlich etwas ziemlich anderes bedeutet.

Ein Kompromiss im wahren Sinn ist ja immer etwas, was nachträglich eintritt. Er ist im Prozess der Auseinandersetzung etwas Abgeleitetes, in der zeitlichen Reihenfolge Nachgeordnetes. Immer ist er bedingt, weil ausgelöst, durch die kontroversen Gesichtspunkte, welche die Auseinandersetzung hervorrufen. Der Kompromiss erfolgt im Hinterdrein, er bedeutet die Lösung oder Auflösung von Spannungen, die ihm vorausgehen.

Bei der Praxis der Schweizer ist das nicht so. Hier steht der Kompromiss schon am Anfang, als eine gedachte Leitgrösse, die dann am Schluss der Auseinandersetzung erst ausgesprochen, benannt wird. Dieses Verständnis kennzeichnet jede Diskussion, jede Sitzung, Tagung und Versammlung in der Schweiz, wo man zusammentritt, um disparate Meinungen und Auffassungen auszutragen. Der Kompromiss als Vermittelungsgrösse durchzieht als ein unsichtbares Leitprinzip das Geschehen, wie eine gestrichelte Linie, die von ungefähr das alle bindende Mass setzt, und die dann am Schluss ganz ausgezogen wird. Das Ganze ist wie ein Ritual, und es lässt sich an jeder Diskussion Station für Station verfolgen. Immer tritt in einer Versammlung der Votant, der einen andern Standpunkt vertreten will, seinem Vorredner nicht etwa entgegen, sondern an die Seite, er knüpft bei ihm an, mehr als das: er merkt zuvor an, dass er mit ihm ganz einig gehe, bloss in dem und dem sehe er es anders. Dabei streckt er gern den Arm zu ihm aus, seine Hand formt eine Art Körbchen, das rhetorisch wirksam ist, wie um ihn aufzunehmen. Worauf ein kurzes Warten und Lauschen eintritt, bis ein Dritter einen andern Standpunkt einwirft, solcherart einen Vierten einladend, nach einer Gemeinsamkeit im bisher Gehörten Ausschau zu halten. Sollte diese noch nicht in Sicht sein, geht die Debatte weiter, es ist dann aber spätestens der Vorsitzende, der am Schluss, ganz als handle es sich um eine Zusammenfassung, eine Äusserung tut, die als Kompromiss hervortritt. Worauf, je nach Länge des schon abgelaufenen Prozesses, alle Beteiligten zu nicken beginnen, als wären sie bei einer Grösse und Norm angelangt, von der sie wie von einem salomonischen Geheimnis bewegt wären. Als ein gemeinschaftliches Aufspüren und Suchen der Lösung gibt sich dieser Prozess aus, in Wahrheit war sie schon von Anfang an zugegen. All das geschieht im Allgemeinen unbewusst, aber die Versammlungsleiter, die dergleichen schon hundertmal durchlebt haben, haben es im Hinterkopf und müssen nur den Zeitpunkt abwarten, bis die magische Linie zur Bezeichnung und Benennung frei wird. Nie fehlt darum beim Versammlungsleiter der zwischendurch beiläufig erfolgende Blick auf die Uhr an der Wand oder an seinem Handgelenk. Daraus erklärt sich die Gelassenheit der meisten Versammlungsleiter: Sie wissen, wie es kommen wird, sie müssen nur den Zeitpunkt abwarten, eine Sache der Geduld. Schon viele hierzulande haben sich an diesem Verfahren gestossen, das mit altüberlieferten Verfahrensweisen in Tibet verwandt ist, wo man so lange murmelt, bis alle einverstanden sind. Darum ist auch die Redeweise vom «faulen Kompromiss» in der Schweiz fast gleich verbreitet wie das Wort Kompromiss selbst. Manche Teilnehmer gehen nach Schluss der Versammlung in vermummter Verstimmung und verschlossenem Unmut nach Hause, ohne einen Namen für ihren Groll zu haben, da ja doch am Schluss, ganz wie es richtig ist, die Mehrheit der Lösung zugestimmt hat. Ihr Verdruss, der irgendeinen unsichtbaren Betrug wittert, ist verständlich, aber er verkennt den tieferen Wesenszug des Geschehens. Es war und ist eben so, dass die Versammlung von Anfang bis Schluss unter der beherrschenden Ägide des «Kompromisses» steht.

Die Wahl der Mitte in der schweizerischen Lebenshandhabung ist nun in ihren Folgen und Konsequenzen weiter zu bedenken. Was da geschehen ist, macht man sich nicht leicht klar. Kehren wir zur Anfangssaussage dieses Kapitels zurück. Lassen wir nicht aus den Augen, dass der dort erörterte Lebensentwurf der Schweizer, dessen integrierender Raum die Mitte ist, nicht auf Reflexion beruht, nicht bewusst entstanden ist, sondern unter der Hand, dabei aber doch zielgerecht dem Instinkt der Versicherung und der Verfügung über das Leben folgend. Das heisst, er ist *behelfsmässig* entstanden. Und das hat seine Richtigkeit, stellt doch das Ganze, was man sich bei diesem Prozess erwarb, einen Behelf im Umgang mit dem offenen, strömenden und nicht ungefährlichen Leben dar. Methode und Produkt sind einander gemäss, mehr als das: Sie vermögen ineinander aufzugehen, weil das eine sich im andern spiegelt. Es ist wie mit der vor zehn Jahren in Deutschland ergangenen Devise «Nun wächst zusammen, was zusammengehört.» Dieser Satz könnte ja ebenso gut lauten: «Nun gehört zusammen, was zusammenwächst»; der Satz enthält etwas Tautologisches, er ist ohne schliessende Logik, und das liegt daran, dass er aus einem Wunsch geboren wurde, nicht aus analytischer Erkenntnis, wobei aber die Maxime suggeriert, es handle sich um eine solche. So weit, so gut, oder anders gesagt: So weit, so dienlich. Nun behandelt man aber, um zur Schweiz zurückzukehren, das Ganze als einen eigentlichen Lebensplan, auf ihm baut man einen, wie wir schon ausgesprochen haben, dauerhaften und kohärenten Lebenskosmos auf. Und dies, obschon dem Plan eine eigentliche Struktur gerade fehlt. Womit ihm aber die Gewähr der Stimmigkeit fehlt, deren jeder Plan bedarf. Alles, was ohne Struktur ist, entbehrt, sobald man mit ihm planmässig arbeitet, des Kriteriums der Stimmigkeit – Struktur und Stimmigkeit gehören zusammen, um letzterer willen ist die erste ja da. Was tut nun das Behelfsmässige, wenn die in ihm nicht verbürgte Stimmigkeit von Fall zu Fall als Unstimmigkeit, als ein «Hier stimmt etwas nicht» hervortritt? Es reagiert darauf mit seinen Mitteln, nämlich behelfsmässig. Es reagiert mit einer Zurechtrückung des Sachverhalts, was darum nicht als ein Verstoss auffällt, als es dabei seinem Charakter des Behelfsmässigen ja treu bleibt. Der Fauxpas wird harmonisiert. So entsteht jenes Element der Täuschung, der Falsifikation, das, behaupte ich, ganz unten im Schweizerischen angelegt ist, und das umso weniger hervortritt, als alle, die ganze Gemeinschaft, darin eingebunden sind und dem Verfahren immer wieder die Zustimmung geben. Die Versuchung liegt nahe, dieser Täuschung die Bezeichnung Betrug zu verleihen, und schon manche Schweizer, zumal Künstler, haben die Schweizer Existenz genau als einen solchen bis zur bitteren Neige erfahren. Aber der Ausdruck ist insofern zu heftig, gewissermassen zu moralistisch, als er der Vertracktheit der Sache zu wenig Rechnung trägt, insbesondere dem Umstand, dass diese Sache den Schweizern im Wesentlichen gar nicht bewusst ist. Es geht hier um etwas anderes, wofür es ja eine alte verwirrliche Bezeichnung gibt, die bei näherer Betrachtung zugleich ungeheuer genau ist: Ein X für ein

U vormachen. Ist doch dieses Buchstabengleichnis nur dadurch möglich geworden, dass es dem römischen Alphabet entliehen ist, wo das U als V geschrieben wurde und das trügerische X eine Kombination eines echten V mit einem ihm unterschobenen, aber auf den Kopf gestellten V ist. Und um eine Unterschiebung und Unterstellung, die als solche nicht mehr gelesen werden kann – genau darum geht es nun im Fall des schweizerischen Lebenskonstruktes.

Bei der Reduzierung des Lebens auf seine Mitte ist die mit ihr einhergehende Unterstellung darin am grössten, als sie fortan die Vorstellung erlaubt, es handle sich bei diesem zentralen Ausschnitt um ein Ganzes des Lebens, sozusagen um dessen Verwesentlichung. Es gelingt hier dem Schweizerischen, die erfolgte Abschmälerung als eine gar nicht geschehene hinzustellen, auf die Weise, dass vor aller Augen die Einheit der Materie gewahrt scheint. Es gelingt ihm dadurch umso trefflicher, als die Abschmälerung nichts Einseitiges darstellt, sondern etwas Allseitiges oder gewissermassen Rundes: Der Schritt der Einmittung erfolgt homolog.

Die Implikationen, die mit diesem Schritt einhergehen, will ich jetzt an einem Bild einlässlich aufzeigen: an einem einfachen Gegenstand aus der heutigen Konsumgüterindustrie, den in den letzten Jahren jeder Kunde kennen gelernt hat. Es geht um jene meist kleineren Getränkeflaschen aus Glas, die zum Zweck des Preiserhalts in ihrem Volumen schrittweise abgebaut werden durch einen Prozess formaler Abschlankung, bis das Gefäss eigentlich keine Flasche mehr ist, sondern eine Art gläserne Hohlwurst.

Was genau geht hier vor, und wie geschieht dabei dem Kunden? Der Querschnitt, allenfalls auch die Höhe des abgeschmälerten Gefässes stellt einen Ausschnitt aus der ursprünglichen Silhouette dar. Da er sich auf den Mittelteil der ursprünglichen Flaschendimension zurückgezogen hat, die Verkleinerung einigermassen stilisierend erfolgt ist, bietet sich das Gefäss weiterhin als Flasche an. Da sich zudem der ganze Veränderungsschritt in mehreren kleinen Etappen und über einen längeren Zeitraum vollzogen hat, wird der Betrachter an der Redlichkeit seines Blickes getäuscht. Man hat ihn ja zuvor in den Vorgang nicht eingeweiht, und so wird er gerade aufgrund seiner Redlichkeit gezwungen, das neue Gefäss wieder als die bisherige Flasche zu sehen. Andernfalls müsste er nämlich den Hersteller, der sein Veränderungsmanöver im angeblichen Einklang mit der Redlichkeit seines Kunden durchführt, der üblen Täuschung bezichtigen. Aber dazu hätte er infolge des vexierbildhaften Vorgangs erstens keine klaren Beweismittel, und zweitens hat er – und das wiegt nun viel schwerer – als Ehrenmann gar keine Veranlassung dazu: Keiner muss sich ja zu der üblen Haltung zwingen lassen, gegenüber einem, der ein integer handelnder Mensch zu sein vorgibt, einen Verdacht zu hegen. Es ist eine ziemliche Gemeinheit, einen Menschen mit einem aufkommenden Verdacht, für den ein anderer gesorgt hat, allein zu lassen; der Verdacht richtet sich dann aus Verstörung leicht gegen die eigene Redlichkeit oder, was hier dasselbe ist, gegen die Treue der eigenen Wahrnehmung. Da niemand sich wundert, niemand Einspruch erhebt, muss ich mich wohl getäuscht haben. In der Wirklichkeit unseres Produktebeispiels wirkt sich der Zeitfaktor entscheidend aus; es ist dann nicht die Redlichkeit als moralische, sondern die Erinnerungskraft als konstitutionelle Instanz, die unterwandert wird und auf deren Schwäche der Hersteller bewusst spekuliert hat. Dieser Punkt und dann gleich ein zweiter, ihm verwandter, ist sehr wichtig für den Erfolg (die «Akzeptanz») des neuen Gefässes. Das subversiv Raffinierte des Glasmanövers liegt ja gerade darin, dass es sich nicht um einen Betrug der platten Art handelt und dass daher ein moralisches Bedenken gar nicht richtig Platz greifen kann. Der Kunde wird ja nicht übers Ohr gehauen, etwa wie wenn ihm ein ungetreuer Kassier beim Rückgeld eine Zehner- statt einer Zwanzigernote unterjubelt. Der ganze Vorgang vollzieht sich ferner – dies der zweite Punkt – unter völliger Wahrnehmung der Autonomie des Kunden, und vor allem: Er vollzieht sich ganz demokratisch. Niemand verwehrt dem Kunden seine «Meinungsfreiheit», nämlich die Erkenntnis, im neuen Gefäss eine Nichtflasche (bzw. worauf es merkantil gesehen nun ankommt: eine Flasche mit verkleinertem Inhalt) wahrzunehmen, und niemand verwehrt ihm die freie Entscheidung, es nicht zu kaufen. Es ist auch niemand da, der behauptet, das neue Gefäss habe den gleichen Inhalt wie früher. Niemand lügt. Es ist nur so, dass der Protest, es handle sich, im Argument der Form, nicht mehr um eine Flasche, völlig sinnlos und nutzlos wird, da nämlich die meisten Kunden sich für das neue Gefäss entscheiden werden und sich dabei – in notabene so genannter freier Entscheidung – nicht darüber aussprechen, ob sie ihr Wissen um die Form einer Flasche bewusst haben fahren lassen, ob ihnen dieses Wissen unter der Hand geraubt wurde oder ob ihnen diese ganze Frage nicht völlig gleichgültig ist. Und genau auf diese Mehrheit haben die Hersteller des Gefässes spekuliert. Sie wissen aus jahrelanger Beobachtung der Kundschaft, dass die Mehrheit der Leute sich für ein U ein X wird vormachen lassen, sofern nur Flasche und Flasche einander ein bisschen ähnlicher gehalten werden als die beiden verhexten Buchstaben, und das ist nur eine Sache des Managements. Rechtfertigung spricht im Nachhinein das demokratische Legitimitätsprinzip: «Die Kunden wollen es so», sagen die Hersteller lächelnd, nach dem Grundsatz «Wahr ist, was sich bewährt.» All dies ändert freilich nichts daran, dass das, was hier mit Erfolg durchgeführt wurde, ein Täuschungsmanöver ist, das über das Einkaufsmässige hinaus seine Folgen haben wird, aber es ist kein Ankläger da, kein Angeklagter und kein Richter.

So weit mein Beispiel. Ist es nicht zu maliziös für die hier in Rede stehende Sache, tut es der Schweiz nicht unrecht? Doch. Ein lächelnder Hersteller ist da nicht vorhanden. Es gibt für das Gedrähte keinen Drahtzieher. Die Gläser stehen «einfach so» im Gestell. Damit entfällt ein moralischer Klagepunkt. Was bleibt, ist die Ohnmacht, und sie ist umso grösser, als sie keinerlei Bezugsfeld mehr hat. Es ist ein aussermoralischer Vorgang, der zu der Sachlage geführt hat: die Abschrägung des vollen Lebens, seine Mansardisierung. Was an der Sache nicht stimmt, ist das, was ihr fehlt. Das denkbar Heilloseste an jeder möglichen Sache ist immer das, was von ihr selbst nicht da ist.

Rückzug und Abstinenz

Die Reduktion auf die Mitte des Lebens ist bei den Schweizern zugleich ein Rückzug. Beim Wort Rückzug ist sonst eher eine andere räumliche Vorstellung gegenwärtig: der Hintergrund, der rückwärtige Raum, die Nische, der Rand. Dorthin zieht sich zurück, wer sich bergen, sammeln, bewahren will. In der Schweiz übernimmt diese Funktion der Raum der Mitte.

Der Rückzug in die Mitte ist ein Paradox. Immerhin eines, das sich nicht nur hier, im Fall der Schweiz, aktualisiert hat. Dasselbe ereignete sich lange bevor die Schweiz entstand: in den Klostergründungen des frühen und hohen Mittelalters. Mitten drin zurückgezogen leben: gerade so, gerade dadurch die Mitte des Raums gewinnen und dadurch das Ganze. Mitten in den düsteren Wäldern Ostfrankreichs entstand das Kloster, das sich provozierend «Lichtes Tal» nannte: Clara Vallis, Clairvaux. Es wollte Brennpunkt, Metropole sein und wurde es auch. Der Akt hatte seine Stimmigkeit: Das Christentum ist weder zu verstehen noch zu leben ohne das Element des Paradoxen: Sezession ins Zentrum.

Gehen wir dieser Vergleichslinie im Hinblick auf die Schweiz etwas nach. Christliche Elemente wurden immer schon als sinnstiftend für die Staatsgemeinschaft der Schweizer angesehen, vielleicht als deren letztmögliche Überhöhung. Zuvorderst und unübersehbar, wenn auch von den meisten Schweizern kaum bedacht, im alten Kreuzzeichen auf ihrer Fahne, welches, weiss auf rotem Grund, dann in späterer Zeit, nach der Mitte des 19. Jahrhunderts, sein farbkomplementäres Echo fand im roten Kreuz im weissen Feld; beide Fahnen lehnten an der Landesausstellung von 1939 als heiligmässige Embleme in einem sakralen Raum der «Höhenstrasse». In der Zwillingsflagge schrieb sich die kleine Heimat in die grosse Welt ein oder scharte umgekehrt die Welt um sich als deren heimliche Mitte, erstrahlte sozusagen in einem republikanischen «Urbi et orbi» (wobei sich die Schweiz, im Fall der Schöpfung Henri Dunants wie dann später weiterer internationaler Organisationen, in handwerklich-verlegener Behelfsmässigkeit und doch zugleich metropolitanem Stolz als «Sitz» bezeichnete), dessen mitbrüderliche Botschaft, sei es im kleineren oder grösseren Vaterland, auf die christliche Nächstenliebe zurückging. Vom Eremiten Niklaus im Ranft haben wir schon gesprochen: Seine Vermittlerrolle hatte ihre religiöse Urgestalt in dem Mittler schlechthin, dem Religionsstifter, der gekommen war, den Bruch in der Welt zu heilen. Im 20. Jahrhundert hat Meinrad Inglin dem gleichen Gedanken auf dichterische Weise sinnend nachgehangen. In seiner Erzählung «Der schwarze Tanner» wird ein eigensinniger Bergbauer, der sich bei der «Anbauschlacht» des Zweiten Weltkriegs geweigert hat, Korn auf dem widersinnigen Terrain seiner Alpweide zu pflanzen, im Bezirksgefängnis zur gemeinschaftlichen Vernunft, zur versöhnlichen Einsicht zurückgebracht: durch die flüsternd-vertrauliche Rede eines Priesters, der ihn im Halbdunkel seiner Zelle aufsucht. Der rebellische Eigensinn Tanners wird durch den Gottesmann nicht eigentlich gebrochen, vielmehr aufgeschmolzen, hingeleitet zu einer Haltung höherer gemeinschaftlicher Solidarität. Vergleichbar den messianischen Worten des Propheten: «Das Krumme macht grad und das Rauhe macht weich»: Um Krummes und Rauhes geht es sowohl bei der sonderfallmässigen Bebauungspflicht des alpinen Landmannes wie bei dessen eigener störrischer Art, die in der Erzählung dennoch eine verschwiegene Würdigung erfährt, als Kraftäusserung unseres Volksschlags. Ich erwähne einen dritten mystischen Zeugen, Johannes von Müller, mit ihm zugleich den vielleicht grössten Schweizer Historiker, der zur Zeit der Frühromantik im Vorwort seiner «Geschichten Schweizerischer Eidgenossenschaft» vermerkt: «Gott hat das Volk der Eidgenossen in seinen besonderen Schutz genommen – was sich nur fühlen, nicht erweisen lässt.» Nur fühlen! Was hier mehr gilt als das «Erweisen» (= Beweisen). Unbeweisbar, aber desto unangreifbarer steht der Gedanke da, ein spirituelles Element der kräftigenden Schweizer Höhenluft.

Verlassen wir gleichwohl wieder diesen Denkweg: Die christliche Analogie ist im Staatsdenken der gegenwärtigen, der heutigen Schweiz ziemlich verschollen und wird es bis auf Längeres bleiben. Sie stellt zudem möglicherweise eine Herleitung dar, eine Ideologie, mit der die Schweiz sich selbst interpretiert hat, und zählt in diesem Fall zu den Auslagen der Schweiz, ihren Leistungsseiten, an die ich mich hier nicht binden will. Die Mitte und ebenso der Rückzug zu ihr hin muss in erster Linie als eigentlicher Raumgedanke gewahrt bleiben.

Diesen betreffend hat jene christliche Analogie immerhin auf ein weiteres Element aufmerksam gemacht: das vertikale Element der Höhe. Geographisch-geologisch kommt es der Schweiz entgegen, dass das Hauptgebirge des Landes in seiner Mitte liegt. Nicht das «Mittelland» ist das Mittelland der Schweiz, sondern die Alpen. Das Mittelland ist deren Vorland. Der Jura ist eine von der Natur erbrachte Verstärkung der Grenzlinie. Die Alpen sind das Rückgrat der Schweiz, als solches durchziehen sie in gedehntem Bogen das Land diagonal. Ihre Berge sind unsere Rückenlehne, das gilt auch für die Südseite. So will es das feste Raumbewusstsein der Schweizer.

Dieses ist älter als das ausgemessene Raumbild der modernen Landestopographie und die flüssige Gangbarkeit der heutigen Verkehrswege. Wir mögen es atavistisch nennen oder auch anders: Gleichviel, es ist da. 120 Jahre Gotthardbahn haben es nicht im geringsten zu beeinträchtigen vermocht. Von den Jodlern und Alphornbläsern der Schweiz lebt heute bekanntlich die erdrückende Mehrheit in den Städten. Wenn sie sogar bei Strassenfesten in Basel oder Zürich in Aktion treten, so stossen sie sich keineswegs am fremdartigen Schauplatz. Es kommt vor, dass im Festtrubel einer aus Platzgründen sein Alphorn in einer offenen Garage aufstellt, neben Putzwolle und Autopneus, und aus dem Loch herausspielt. Das ist ein sehr befremdlicher Anblick, aber die Männer in ihren Trachten ficht es nicht an: Sie beziehen sich eben mit ihrem Inneren ganz auf ihr Zentrum, die Berge, sie «schauen nach jenen Bergen fern», wie in Psalm 121. Nun wird allerdings das atavistische Rückgrat der Schweiz in nächster Zukunft, so scheint es, unterlaufen werden: durch die Eisenbahn-Alpentransversale. Nicht nur wird dann das Gebirge nicht mehr wenigstens durch eine Rampe, wie bei der bestehenden Gotthardbahn, geehrt, es wird überhaupt für die Reisenden beinahe zum Verschwinden gebracht. Auf ebener Erde fährt man in zwei Stunden von Zürich nach Mailand und wird nicht einmal mehr dessen ansichtig, was man dabei hinter sich wirft. Wird dies nicht unser Bewusstsein vom hochliegenden Raumzentrum verändern? Ich bezweifle es. Ein mir befreundeter Ingenieur, der sich beruflich mit Baulosen und Projektierstollen der NEAT befasst (und nicht wie ich hier mit dem Schweiz-Problem), hat mich unterrichtet, dass der höchste Punkt der neuen Bahnlinie nicht im zentralen Tunnel liegen werde, nicht mehr im Alpenraum überhaupt, sondern davor, bei Arth-Goldau. Als man sich dessen bei der Planung innegeworden sei, habe das ganze Büro gelacht. Mich hat mehr als der Bericht dieses Lachen interessiert. Zu denken: von Ingenieuren, die dazu da sind, den Raum zu bezwingen. Aber unser Schweizer Raum bleibt eben, was er ist, für alle. Der Erzähler fügte noch bei, dort bei Arth-Goldau ergebe sich deswegen eine Kulmination, weil da die Bahn nach wie vor den gewaltigen Schuttkegel des Bergsturzes von 1806 überqueren müsse. Als er das sagte, dachte ich an den Satz «Ich lah's la gah!».

Nun bin ich selber etwas mystisch geworden. Ich will aber meinen Gedanken weiterverfolgen und ziehe jetzt ein anderes, sehr reelles Helveticum heran, eines, das im 20. Jahrhundert geradezu klassische Bedeutung erlangt hat. Reduktion und Rückzug, diese beiden Wörter, fallen zusammen im Wort Réduit. Gewiss hat sich General Guisan in seinem Dispositiv von 1940 nicht an Sprachbewandtnissen orientiert. Es ist bloss eine Tatsache, dass die Alpenfestung diesen Namen trug und dass ihr Zentrum der Gotthard war. In einer Lage höchster Bedrohung, die Schweiz war an allen ihren Rändern vom Feind umringt, zog sich die Schweizer Armee auf die schützende Mitte zurück. Das Land zeichnete damit in einer Notlage ohnegleichen ganz konkret und territorial seine eigene stoische Grundlinie nach, durch eine Abschmälerung seines Landeslebens auf die Mitte. (Man könnte da von einer Not-Stoa reden.) Und siehe da, auch dieses Ereignis wurde als ein Gewinn an Stattlichkeit verbucht, mindestens nachträglich. Es gehört für mich als Nachgeborenen zu den denkwürdigsten Wahrnehmungen meines Schweizerlebens, dass lange danach, ja heute noch, beim Denken an jenes Réduit nicht dessen schreckliche Bedingung im Vordergrund ist, nämlich dass im Fall des Angriffs die Dörfer und Städte des «Mittellandes», Hunderttausende von Menschen, meist Frauen und Kinder, dem Feind preisgegeben waren, hier dann wohl die

Kamine der Konzentrationslager geraucht hätten, sondern dass wir uns durch dieses Réduit behauptet haben. Mehr als das: Jenes Réduit trat nicht als eine Notmassnahme im nationalen Gedächtnis auf, sondern geradezu als ein Triumph, ja fast als ein Sieg über die Aussenwelt, jedenfalls ganz als unsere eigene, uns bestätigende, vor allem aber: uns erhöhende Leistung. Und dies beim Rückzug auf unsere nun wirklich territorial erhöhte Mitte, bei einer vorgesehenen zentripetalen Verkleinerung unseres kleinen Landes, das wiederum in der Mitte des Kontinents liegt. Nicht, dass ich etwa jenes Réduit als militärische Massnahme kritisieren will, ich spreche abstrahierend. Die jener militärischen Massnahme innewohnende konzentrische Bewegung ist wie eine stringente Verkleinerungsphantasie, in der gerade das Wesentliche gewonnen werden will. Beileibe keine äusserliche Sache: Zusammenzug und Verkleinerung ist auch ein Motiv, das man als einen Hang der Schweizer Literatur bemerkt hat, und zwar als einen, der zum Eigenen und Eigentlichen vordringen will. Worauf wir später an zwei Beispielen zurückkommen werden.

Es erweist sich also, dass das Paradoxe, das im Rückzug in die Mitte liegt, in einer gewissen Sinnerweiterung des Wortes Rückzug zum Vorschein kommt, eben einer gegensätzlichen: was da Rückzug ist, ist zugleich Vorzug.

Der Rückzug in die Mitte ist von einer Haltung der Reserve begleitet, einer Reserve gegenüber dem Umfeld auf allen Seiten, welches in unserem Gleichnis das volle strömende Leben ist. Zu diesem Umfeld ist man auf Distanz gegangen dadurch, dass man sich von ihm zurückgezogen hat – ein Schritt, der nun besagt, dass man da nicht etwas Unbekanntes ängstlich meidet oder flieht, sondern etwas gleichsam Vorbedachtes überwunden, hinter sich gelassen hat. Der Rückzug ist ein souveräner Hinzug zu einem Status, wo das Leben besser, weil sicherer und verlässlicher ist als anderswo und den Rang höherer Klugheit besitzt. Für die Selbstgewissheit dieser Klugheit spielt es dabei keine Rolle, ob man jenes Andere, das mögliche volle Leben, wirklich erfahren und geschmeckt hat, oder ob man bloss in der Annahme davon steht; im zweiten Fall bleibt man, soviel lässt sich aussagen, der erworbenen Klugheit noch weit souveräner Herr, weil man dabei nicht angefochten ist.

Im Ring ihrer Mitte enthalten sich die Schweizer des vollen möglichen Lebens; sie sind Abstinenten. Sie lassen das Leben vor ihrer Tür gehen und treiben, beobachten es dabei wachsam und wissen, dass es nicht bekömmlich ist, in es einzutreten. Hierher gehört im Staatlichen die altüberlieferte Maxime der Neutralität, die in jedem kritischen Diskurs über die Schweiz auf den Prüfstand gehoben und dann meistens auch etwa im Sinn meines Gedankens gedeutet wird. Das Wort selber, seine sprachliche Valenz, bleibt dabei zum Nachteil des kritischen Ertrags meist unbeachtet. Der Begriff enthält ja für den durchschnittlichen, politisch nicht eingenommenen Sprachverstand meist nur den Sinn des Unbestimmten und Flauen, ein Sich-nicht-entschieden-Haben oder Abseitsstehen. Mithin etwas von Schulterzucken und Verlegenheit. Und nicht das, was im Fremdwort wirklich angelegt ist: das ausdrücklich Verneinende, mit dem Akt des Verwerfens Verbundene: Ne utrum! Nicht das eine oder das andere! Das ist es, was die Haltung des Abstinenten bestimmt.

Unter den Menschen, die in ihrer Mehrheit sei's zum Essen sei's auch sonst Wein oder Bier trinken, ist der Abstinent, der Blaukreuzler, meist eine etwas schief angesehene, mehrheitlich beschwiegene, manchmal auch ein wenig bemitleidete Erscheinung. Man kennt vielleicht in dem einen oder andern Fall das Motiv seiner Haltung, aber ihn selbst kennt man nicht, und das ist ja verständlich, sitzt er doch nicht mit den andern in der Tafelrunde, und wenn doch, dann nur an ihrem Rand, vor seinem Mineralwasser oder Tee. Die wirkliche Kraft und Stärke, die er besitzt, erfasst man nicht, man meint, diese habe er nur über seine Person und die Tranksame, die er meidet, während seine eigentliche Macht diejenige über die andern ist, über die in der Tafelrunde, über das, was diese da tun. Es ist falsch, zu glauben, die Haltung des Abstinenten zum Alkoholgenuss liege in einer bloss separativen Enthaltung. In Wahrheit hat er entweder durch seine persönliche Erfahrung oder durch ein Prinzip jene ganze Angelegenheit, die, ob harmlos oder nicht, für die Mehrheit zum Leben zählt, recht eigentlich überwunden. Was man aber überwunden hat, dessen ist man in Besitz. Der Abstinent, man kann es drehen wie man will, *verfügt* über die Welt des Alkohols, über dessen ganze Welt, und dadurch ist er Herr über die Alkoholtrinker. Seine Vormacht liegt in einem einzigen Zauberwort, das er der heiteren oder auch trügerischen, vielleicht selber zauberischen Welt jener «Genussmittel», die aber ja mindestens für die Völker der Mittelmeerwelt zu den Lebensmitteln zählen, entgegenstellt: Sucht. Und er hat recht damit! Alkohol ist ein Vehikel der Sucht. Und was etwa das harmlos-mässige Trinken betrifft: Er hat recht damit, es ist eine Sucht. Jedenfalls eine potentielle. Und das ist das Gleiche. Im Begriff der Sucht liegt es ja, dass der potentielle Faktor darin abgedeckt ist: Das Sucht-Denken ist eben darin kundig, dass die Anfänge nicht in einem Ermessen liegen, sondern davor, ausserhalb. Es ist nicht so, wie die Trinkenden manchmal gerne glauben, dass die Abstinenten eben dem Genuss des Alkohols nicht «gewachsen» sind: Sie sind die einzigen, die ihm wirklich gewachsen sind. Es kommt nicht darauf an, dass Millionen von den zu einem beliebigen Zeitpunkt gerade lebenden Menschen dem Alkohol als einer Sucht gar nicht verfallen sind: Was nicht ist, kann ja noch kommen. Und bei vielen Tausenden kommt es immer wieder dazu, wer wüsste es nicht, es braucht da gar keine Beweise.

Meine Erwägungen rund um das Wein- oder Bierglas mögen etwas dialektisch-spitzfindig sein, allein ich will damit auf etwas hinaus, was an der Mentalität der Schweizer von allerhöchster Bedeutung ist, etwas, was selten ausgesprochen wird und worin wir vielleicht ihren innersten Wesenszug greifen. *Die Schweizer sind über das volle mögliche Leben, dessen sie sich enthalten, Herr.* Damit hängt ihre eigentümliche Unangreifbarkeit zusammen, und etwas, was eigentlich nicht zur Schweiz zu passen scheint, ein Zug von Orthodoxie, die, ohne auf ein System zu pochen, etwas verhüllt Fundamentalistisches hat. Merkwürdig genug dies alles, da doch solche Erscheinungen sonst im Gefolge des Prinzipienhaften auftreten, die Schweizer dagegen dem Anspruch des Prinzipiellen ja gerade nicht folgen, sondern es im Verfahren des Pragmatismus hinfällig werden lassen. Und doch hat dies alles seine Stimmigkeit.

Man muss dies noch näher ergründen, um es ganz zu verstehen, und dazu kehre ich zunächst zu meiner Vergleichsfigur des Blaukreuzlers zurück, der gegenüber den Alkoholtrinkenden in meiner Erörterung als Sieger hervorgetreten ist. Aber dies doch eigentlich zu Unrecht, was jene anderen gewahr werden sollten, aber oftmals nicht können, weil sie nämlich durch den Abstinenten angefochten sind. Er hat einen Stachel in sie gelegt, und statt sich auf sich selbst zu besinnen, konzentrieren sie sich auf diesen Stachel. In konservativen Verhältnissen, auf dem Lande, sieht man manchmal im Wirtshaus einen Gast allein vor seinem Glas sitzen, der laut vor sich hin lamentiert, unabhängig davon, ob ihm jemand zuhört oder nicht. Er stösst Schimpfwörter und Flüche aus über die «Gütterliwasserbrüder», die er auch «Stündeler» nennt. Von Zeit zu Zeit unterbricht er sich, nimmt einen Zug, schluckt, in der Wirtsstube bleibt es still, alsdann hebt er wieder an mit seiner Beschwerde. Was ist mit diesem Mann? Er trägt den Stachel in sich, er ist angefochten, durch den Abstinenten, der gar nicht da ist. Der Stachel will ihn zur Verwerfung dessen treiben, was er gleichzeitig tut. Worin besteht die Macht des Abstinenten, dass er den andern unterwerfen kann? Sie beruht auf einer Täuschung. In Wirklichkeit hat der Abstinent die Welt des

Alkohols, dessen ganze Welt, gar nicht erfasst. Sondern er hat diese ganze komplexe Welt umfunktioniert: Er hat aus ihr ein *Argument* gemacht.

Wie für den Abstinenten der Alkohol, so ist für die Schweizer das Leben in erster Linie ein Argument. Mit ihm als Waffe in der Hand treten sie auf, und es ist schlagend, im doppelten Sinn: Es überzeugt die Anhänger, und es vermag die andern, an die es gerichtet ist, zu schlagen. Im Argument tritt das Element der Bezichtigung auf, das ist sein tieferes Wesen. «Argumentum» heisst übersetzt Beweisstück, das zu ihm gehörige Verb bedeutet bezichtigen, vorwerfen, als schlecht hinstellen. Mit all diesen Wörtern sind wir in der beklommenen und scheelen Atmosphäre eines Rechtshandels, eines Gerichtsverfahrens, zu dem gar niemand geladen hat. Darauf ist das volle mögliche Leben nicht vorbereitet. Es ist seinem Wesen nach offen, dadurch ist es angreifbar. Gerade wegen seiner allseitigen Offenheit wirkt seine Einkreisung durch das Argument auf es hypnotisierend, beizend. Das Argument ficht mit der Kraft des Rechthabens und Rechtbekommens. Und siehe da, es bekommt immer wieder Recht. Das volle Leben hat ja seine Kalamitäten, wie sollte es denn anders sein, es ist ja das volle Leben, und es bleibt sich dieser Kalamitäten selber dunkel bewusst. Nicht immer zwar, aber immer wieder bekommen die Schweizer recht, nämlich sobald das Leben seine ungebärdigen, seine regellosen Seiten zeigt, und das tut es, versteht sich, immer wieder, es ist ja das volle Leben. Immer wieder kann der Abstinent, mit dem ewig rechthabenden Argument der Vernunft, auf Suff und Absturz in seiner Umgebung hinweisen, auf zerrüttete Existenzen. Die Schweizer sind dem Leben gegenüber an der Perspektive des Zu-Fall-Kommens, des Abstürzens und des Verlorengehens *interessiert*; sie haben, könnte man sagen, vom Leben eine Schachtperspektive. All das übt nun für die andern, die das Leben nicht als einen Gerichtshof ansehen, eine gewisse hypnotisierende Wirkung aus, weil sie ja das, was im Leben als Kalamität auftritt, gerade als Kalamität auch durchleben. Genau in diesen Lagen tritt der Widersacher an sie heran. Der hypnotische Mechanismus wird belegt u.a. durch die Tatsache, dass immer wieder besonders Ausländer es sind, die dem Schweizer Lebensverständnis von aussen her Sukkurs geben, es mit wehevoller Stimme unterstützen: «Ach, ihr habt es gut, ihr Schweizer!»

«Siehst du», sagt darauf ein Schweizer zu dem andern, aber meistens reden sie nicht: sie schweigen. «Wir wissen Bescheid», steht in diesem Schweigen, und dicht dahinter steht nun jenes andere, was wir schon angedeutet haben und was nun den Mund, just wie er sich auftun will, wieder verschliesst: die selbsteigene Ahnung, dass das Leben sich nicht bescheiden lässt. Was zurückbleibt, ist das Schweigen der Schrattenfluh.

Erst mit dieser doppelten Reservatio mentalis ist der innere Zustand der Schweizer Seele ganz erfasst – «was sich nur fühlen, nicht erweisen lässt.»

Konsistenz der Lebensform beim einfachen Volk

Wen meine ich, wenn ich von den Schweizern rede, und wen meine ich nicht?

Richtig ist, dass ich alle Schweizer, ihre Gesamtheit, meine, wenn ich von einem schweizerischen Lebensplan spreche. Sie alle haben an ihm teil oder unterstehen seiner Wirkung, weil alle von ihm überdacht sind. Das gilt auch für jene nonkonformen Schweizer, die mit ihren eigenen Lebensanschauungen ausserhalb der Kategorien des Schweizerischen stehen: jene zerstreut und unauffällig lebenden Einzelnen oder auch Randgruppen, für die ich im Kapitel «Ein stoisches Volk» eine Art Sonderexistenz behauptet und zugleich bestritten habe.

Dennoch ist es nach dem bisherigen Gang der Erörterung nun geboten, in die Gesamtheit der Schweizer eine grosse Schnittlinie zu legen, die zwei Körperschaften an ihnen deutlich auseinanderhält. Das, was ich als «Schweiz-Problem» in meinem Buch untersuche, das was ich in den bisherigen Kapiteln als eine Lebensstrategie der Schweizer aufgedeckt habe und was sich im Verlauf der sezierenden Betrachtung als zunehmend knifflig, ja labyrinthisch erwiesen hat, das alles hat nun seinen Sitz und seine Schuldigkeit gar nicht bei der Masse des Schweizer Volkes, sondern hat sich neben ihr und über ihr aufgebaut. Im Folgenden werde ich dem einfachen Volk in der Schweiz, das die statistische Mehrheit der Landesbewohner ausmacht, eine ausgedehnte Betrachtung widmen und zeigen, dass die mentalen Eigenschaften und Lebensformen dieses einfachen Volkes zwar die Grundelemente des schweizerischen Lebensplans mitenthalten, aber nicht dessen Problemcharakter stiften, nicht dessen Erscheinung eines folgenreich vertrackten Konstruktes ausmachen. Sehr wohl freilich haben die Lebensformen des von mir so genannten einfachen Volkes eine Beziehung zum überdachenden Zelt des gesamtschweizerischen Lebensplans – dieser zieht nämlich, wie ich zeigen will, aus ihnen sogar die Hauptmunition seiner Rechtfertigung. Und sehr wohl wird das, was ich vergleichsweise eine stoische Lebenshaltung nenne, gerade beim einfachen Volk in den Grundelementen zu greifen sein. Aber diese «volksstoische» Mentalität ist insofern doch eine ganz andere, als sie insgesamt nicht aus her- und abgeleiteten Eigenschaften und Qualitäten zusammengesetzt ist, überhaupt nicht nach Verknüpfung und schon gar nicht nach Verknäuelung trachtet, sondern in primären und konsistenten Eigenschaften ruht, die dann tragende, ich möchte sagen valable Lebensformen hervorgebracht haben, die selber nicht unter dem Gesichtspunkt eines «Problems» betrachtet werden müssen, sondern einer affirmativen Würdigung. Sie haben Kraft und sie haben Leben, weil sie eben wirkliche Lebensformen sind. Zwar braucht man nicht Partei zu nehmen für sie oder sie gar zu feiern – auch hier blickt man klarer, wenn man gemäss unserem Leitvorsatz mit Abstand auf sie blickt –, aber sie schürzen kein Problem, um dessentwillen dieses Buch oder ein ihm ähnliches entstehen müsste.

Ausserdem ist es so, dass erst bei eingehender Betrachtung (im Sinn einer Würdigung) des schweizerischen einfachen Volkes das eigentliche «Schweiz-Problem» ganz verstanden werden kann. Erst durch eine solche Betrachtung *hindurch* und dann im Besitze ihres Ertrags verstehen wir, wie denn das gewisse Labyrinthische des schweizerischen Lebenskosmos entstehen konnte: nämlich durch eine Anleihe in Form einer blossen Übernahme aus den Lebensgegebenheiten des einfachen Volkes, und das konnte eben, dies wird die Schlussfolgerung sein, für die Errichtung eines in sich stimmigen nationalen Selbstverständnisses des Gesamtlandes nicht und niemals genügen. Es ist der Punkt einer Unterlassung, einer nicht erbrachten Einsicht, wo die vexierende Problematik des schweizerischen Lebensplans ihren Anfang nimmt, und für diese Unterlassung wird jene zweite Körperschaft des Schweizervolkes zuständig sein, die ich mir dann im nächsten Kapitel vornehme.

Der Lebenskosmos des einfachen Volkes hat allerdings, das wird sich zeigen, etwas Sonderfälliges an sich, das dann im Lebensplan des ganzen Schweizervolkes sein Echo findet, doch liegt dieses Sonderfällige nicht an der Qualität der Lebensformen, sondern bloss an der Bedingung ihrer engen Grenze. Nur in der Kleinheit des lokalen Raumes kommt das Leben des einfachen Volkes zum Tragen: im Landschaftlichen, Regionalen, Dörflichen. Gemeinde, Bezirk und Kanton sind nicht identisch mit diesen genuinen Raumeinheiten, liegen aber für das Gemeinschaftsbewusstsein als Ordnungsgrösse, als dessen Erweiterung stiftende Kristallisationskerne bereit, doch diese politisch bestimmten Raumzellen sind in meiner Sicht, im Unterschied zur landläufigen und offiziell-staatskundlichen, nicht die primären: Sie stellen sich für die Kohärenz des Lebensraums gleichsam bloss zur Verfügung. Das schweizerische Axiom, wonach die Gemeinden die Urzellen des Staatsbewusstseins sind, ist für meine Untersuchung hinderlich, denn es hält sich an die Stränge historisch-politisch-institutionellen Denkens, mit dem ja auch der problematische schweizerische Lebensplan wie mit einem Abrakadabra aufwartet, und da es sich bei diesen Strängen womöglich um Schau- und Leistungsseiten des Schweizerischen handelt, nicht um dessen Kern, will ich mich nicht an sie binden. Meine Rede liefe sonst leicht auf eine tautologische Bestätigung des Axiomatischen hinaus, als welches sich das Schweizerische gern präsentiert.

Was verstehe ich unter «einfaches Volk» oder – wie ich auch kürzer sagen werde – unter «Volk»? Ich meine damit zunächst etwas schematisch das sogenannte ländliche Volk, dann aber auch, unter den jüngeren und heutigen Verhältnissen, das nichtländliche oder nicht-mehr-ländliche, das heisst das agglomerierte oder städtische. Beide immer als «einfaches» Volk angesprochen, ein Ausdruck, der etwas wolkig oder jedenfalls unzeitgemäss klingt und – von mir noch durch das verwendete «sogenannt» bestätigt – keine definitorische Klärung leistet. Deutlicher wird die Bestimmung mit folgender Abgrenzung: Mit «Volk» meine ich alle Leute, die nicht die höhere Bildung durchlaufen haben. In dem Masse, wie ich im folgenden diesen emanzipatorischen Schritt näher beleuchte und dabei zugleich zeitgemäss spezifiziere, ist der Faktor Bildung für das, was ich unter dem Stichwort «einfaches Volk» aussagen will, das ausschlaggebende und hinlängliche Kriterium. Mit dem Erwerb der höheren Bildung kann das volksstoische Leben mit seinen unten zu beschreibenden Merkmalen nicht mehr aufrecht erhalten werden, und zwar, darauf kommt es nun an: zwingend. Mit dem Eintritt in die höhere Bildung ist der Lebensgrundriss des einfachen Volkes am Ende. Dabei kommt es aber nicht auf den Status als solchen, seinen schulischen Grad-Erwerb, an, sondern darauf, dass man in seinem Besitz zu einem veränderten Bewusstsein gelangt ist und nun beruflich und, was wichtiger ist, funktional im Leben des Landes eine veränderte Stellung einnimmt. Und hier sind sie dann zu finden, die Schweizer die ich meine und auf denen mein kritisches Augenmerk dann besonders ruhen wird: die Offiziösen, die Besetzer der Institutionen, die Parlamentarier, der Bundesrat, überhaupt der Magistrat, die Kantonsregierungen, die Gerichte, doch nicht das politische Establishment allein: überhaupt die Sprecher und Sachwalter des Landes, des Ganzen und des Allgemeinen, die Kulturinstitute, die Zeitungsverleger und die beruflichen Meinungsmacher, die Regisseure der Wirtschaft, die Intellektuellen, die freien

Berufe etc. Es sind alles in allem die Leute, die die Führungsschicht des Landes ausmachen, auch wenn es nun diesen Begriff im direktdemokratischen Land gerade nicht gibt.

Mein Kriterium der höheren Bildung weist sich zunächst im Begriff der «höheren Schulbildung» aus. Mit ihr ist als Limite etwa der Mittelschulabschluss, die Maturität, gemeint. Zwölf Jahre Schulbildung sind ja genug, um jenes kognitive Bewusstsein hervorzurufen, mit dem man sich vom Lebensgrundriss des einfachen Volkes loslöst. Ich verstehe mithin höhere Schulbildung nicht einfach als «humanistische» Würde oder dergleichen, sondern als Gradmesser eines enorm vermehrten Bewusstseins und des zu ihm hinführenden gesteigerten Wissens. Bewusstheitsausdehnung, im Förderlichen wie im Problematischen geschulte oder anerzogene Kritikfähigkeit, namentlich die nach vorn offene Fähigkeit zur Differenz, zum differenzierenden (d.h. wörtlich: auseinander tragenden) Urteil – all das ist es, was den Menschen von jenem Leute-Kreis, «Volk» genannt, folgenreich entfernt. So meine ich denn mit höherer Schulbildung, abgesehen von ihrer Eignung zu anderen Berufen, Aufgaben und Positionen der «höheren» Art, mehr eine qualitative Veränderung des Menschen, vergleichbar einer Mutation, als etwa einen Wertbegriff, weswegen denn auch der aufschimmernde Gedanke eines Elitismus hier wegzuweisen ist. Matur dient hier als Messmarke, als Wegstation, nach welcher man vor den Zustand der differenzierten Bewusstwerdung nicht mehr zurück kann.

Aber das Kriterium der höheren Schulbildung ist nun heute eine schon ziemlich veraltete, schemenhafte Bestimmung dessen, was ich hier mit Bildungserwerb allgemeiner sagen will. Längst beschreiten viele Menschen ausserhalb der klassischen Mittelschulen Wege mit ähnlicher Wirkung auf die Bewusstseinsveränderung. Nicht nur existieren heute alle möglichen Berufs-, Fach- und Weiterbildungsschulen mit «gymnasialem» Anspruch, mit ihrer Aufwertung von Abschlüssen und Diplomen, ohne dass auf ein akademisches Studium hingearbeitet wird; nicht nur gibt es Berufe wie etwa den der Krankenschwester, für die mehr und mehr die Mittelschulmaturität eine Voraussetzung geworden ist – ist «praktisch Voraussetzung geworden», heisst es da jeweils – , nicht nur gibt es Akademien für Erwachsenenbildung und Volkshochschulen, nicht nur ist also eine Verschulung der Ausbildungswege in allen möglichen Bereichen einschliesslich der Selbstschulung im Begriff des «lebenslangen Lernens» nach der ehemals so genannten Schulzeit eingetreten, nicht nur haben sich auch die alten Mittelschulen selbst durch Typenvermehrung und Typendurchmischung von ihrer ehemals überschaubaren Gliederung entfernt und haben in den letzten dreissig Jahren einen gewaltigen Zustrom erlebt, der sich seit 1960 etwa verdreifacht hat – im Kanton Zürich begibt sich zur Zeit ein Viertel sämtlicher Sechstklässler in ein «Gymnasium» –, sondern die Bewusstseinserweiterung ist heute mit dem Wort Ausbildung nur noch teilweise überhaupt zu qualifizieren, wiewohl das alte Wort Bildung weiter folgenreich angebracht ist, weil hier eine der ehemaligen Bildung verwandte, nämlich physikalisch verwandte Art von Modellierung des Bewusstseins als Wahrnehmungs- und Unterscheidungsförderung (Differenz) stattfindet, wenn auch auf ganz diffusen Wegen. Das ganze Volk wird heute durch die Vorherrschaft zumal der elektronischen Medien andauernd kognitiv geduscht, und es wird dabei in einen andauernden Prozess der Emanzipation geführt. Die Zunahme von Information, als der der Vorgang zunächst vordergründig fassbar wird, bedeutet ja nicht bloss Zufuhr von Quanten an Wissen, sondern Entfernung von der Bezüglichkeit des Konkreten, Verlust oder eher allmähliches Abhandenkommen der Bezüge überhaupt, Verlust einfacher Orientierung und deren Ersetzung durch abstrahierendes Denken, für die anstelle des Wortes Kosmos das Wort Netz sprechend geworden ist. Alle diese Vorgänge liquidieren den Umfang und die Geltungskraft der ehemaligen Einheit «Volk» immer mehr. Sind heute bereits gegen 20 % der Schweizer im Besitz einer Matur (und also potentiell mit dem altertümlich werdenden Begriff Akademiker anzusprechen), so umlagert diesen Kern von klassischen Bildungsträgern ein diffuser, in seiner Ausdehnung nicht mehr fassbarer Kreis von Bewusstseinsemanzipierten, für die eine Zugehörigkeit zu «Volk» nicht mehr möglich ist, und diese Masse kann, wenn eine Einschätzung hier überhaupt sinnvoll ist, sehr wohl einen Drittel bis die Hälfte der ganzen Bevölkerung ausmachen. Dieser ganze Vorgang hat zusätzlich eine universale Folie mit gleichgerichteter Wirkung als Hintergrund, die man als emanzipatives Gesicht unserer ganzen Epoche bezeichnen kann.

Ich trete nun ein in Würdigung und Begutachtung der Mentalitätsmerkmale des einfachen Volkes in der Schweiz, das in teils beeinträchtigter, teils auch unbeeinträchtigter Gestalt ja weiterhin existiert.

Die volksstoischen Eigenschaften in der Schweiz sind zugleich Eigenschaften mit dem Wert eines Nationalcharakters, das heisst, es sind solche, die für die Schweiz, gerade für dieses Land, bezeichnend und typisch sind. Das einfache Volk in der Schweiz ist auffallend gekennzeichnet durch Rechtschaffenheit, Solidität und eine Art von Bravheit. Mit Bravheit drücke ich nichts Abschätziges oder Niedliches aus, sondern eine schlichte Lauterkeit, auch Verlässlichkeit des Wesens. Das Schweizer Volk orientiert sich an den Werten der Arbeitsamkeit, des Fleisses, der Tüchtigkeit, vor allem aber an einem unausgesprochenen Begriff vom «rechten Leben». All diesen Tugenden ist eine gewisse Unschuld anzumerken, die darin besteht, dass die Leute sie mehr «unter der Hand» als im Bewusstsein haben, und ich glaube nicht, dass die früheren poetischen und volksliedhaften Genrebilder vom einfachen Hirtenleben blosse Idealisierungen sind, sondern wie ein Atavismus auch im modernen, realen Leben, demjenigen im nun längst industrialisierten Land, in Wahrheit am Werk sind. Der seinerzeit an der Landi 1939 gemachte selbstbildnisstiftende Effort konnte zu Recht aus dem wirklichen Leben schöpfen; er war nur insoweit verfehlt (sozusagen auf deutsch-idealistische Weise verfehlt), als der Überzeichnungsakt dabei, die Erhebung zum Vorbildhaften, ja eigentlich schon bereits die Nachzeichnung im Widerspruch stand zur Schlichtheit dieses Volkes, zu welcher jede Erhebung zu einem Sinnbild, geschweige denn auf einen nationalen Altar eben gerade nicht passt. Die genannten Tugenden wenden sich, besonders heute, auffallend stark der Schaffung und dem Erwerb materieller Güter zu, was aber in seinem innersten Antrieb nicht als Materialismus bezeichnet werden kann, sondern wohl eher eine Folge einer früher erlebten Armut ist (deren Erinnerung weiter tradiert wird), die wiederum auch nicht als materielles Problem zu fassen ist, sondern als eine konkrete, dingliche *Behinderung auf dem Weg zum rechten Leben.* Zum Sinn für Schlichtheit gehört der Vorrang des Dinglichen, Konkreten vor allem andern, Errichtung und Bestellung von Haus und Boden und das Beschaffen von Kleidung und Nahrung. Diese Dinge sind für alle Menschen, versteht sich, von primärer Wichtigkeit zum Leben, bei den Schweizern sind sie aber bis in die Zeit des materiellen Überflusses hinein von einer latenten Sorglichkeit umgeben, und dieses Sorgliche kann nicht allein materiell erklärt werden, eher ist es so, dass es im Materiellen in erster Linie, als erstem natürlichen Belang, zur Anwendung und zur Sichtbarkeit kommt. Das gewisse Sorgliche gilt nicht einem metaphysischen Streben, dazu ist kein Anlass, ist doch das bare Zur-Welt-Kommen und physische Durchs-Leben-Gehen selber Aufgabe genug, gleichsam seine eigene Metaphysik, wozu es in erster Linie eines nüchternen und wachsamen Realitätssinns bedarf. Es gilt, durchzukommen: Schritte müssen getan werden, «eis nach em andere», das Augenmerk gilt der Bewerkstelligung, dem «Aagattige», sodann dem Vollzug, ist durch und durch auf das praktische Tun orientiert. Mit dem Sorglichen als einer Beflissenheit im Disponieren von Gütern und Geräten ist verwandt der Hang zur Sauberkeit, als pützelndes Bereinigen und ordnendes Aufräumen im Äusseren, aber auch im Innern, hier als Massstab der sauberen Gesinnung, auf die man achtet, auf die man – Wort der Sorglichkeit – Acht gibt. Sorglichkeit und Sauberkeit finden zusammen in einem Element der Kargheit, in der Abneigung gegen aufwändige Entfaltung, vor allem gegen Pracht und Prächtigkeit, obschon sich die Schweizer durch ihre rechte Lebensführung in Hab und Gut weit von irgendeinem Mangel entfernt haben; ihr bekannter Wohlstand ist, obschon selbstverständlich geworden, in ihrer eigenen Wertschätzung von einem leisen, nie ausgesprochenen (in einer Art Beredungsenthaltung und also einer Art Understatement bemerkbaren) Vorbehalt umgeben, und der durchaus nicht fehlende Stolz über diese Lebensmittel gilt also nicht der genannten Pracht und Prächtigkeit, sondern wird in der eigenen Sprache bezeichnenderweise in der «Hablichkeit» und «Stattlichkeit» ausgedrückt: Wörter, in denen die konkrete Dinglichkeit und der Fleiss angelegt sind; Wörter, die fühlen lassen, dass Reichtum entstanden, erworben, erarbeitet worden ist und nicht etwa einen Selbstzweck der Fülle darstellt. Es wäre nicht passend, Emmentaler Bauernhäuser als «prächtige» Häuser zu bezeichnen, passend ist es, sie stattlich zu nennen, und ihre Besitzer nicht als reich, sondern als hablich. Gewiss ist auch das Wort «Wohlstand» überhaupt sehr schweizerisch orientiert, auch wenn es zugleich ein allgemeindeutsches

Wort ist: Es bezeichnet ja nicht bloss das Vorliegen materieller Mittel, sondern ist auch mit dem Begriff des rechten Lebens, vor allem mit dem *Gelingen* des Lebens verbunden, enthält einen verborgenen lebensphilosophischen Kern (der Gedanke des Gelingens kann gar nicht aufkommen ohne den davor bestehenden Gedanken des «lätz Gehens», dieser wird stets wachsam im Auge behalten, und so entspringt denn das Ausschauhalten nach dem Gelingen einer genuinen Sorglichkeit, ist ohne Sorglichkeit nicht möglich). All das atmet nun wirklich eine stoische Lebenshaltung; man begegnet hierzulande einer elementaren oder selbsttätigen Entfaltung von Leben mit einem Verdacht, einem Vorbehalt, jedenfalls – sehr stoische Geste – mit einer redigierenden Zurückhaltung.

Mit der Reserve gegenüber Pracht und Prächtigkeit fällt zugleich jedes «barocke» Lebensgefühl dahin, das Sinnliche als Entfaltung von Sichtbarkeit mag sich hier nicht auswachsen, das Gepränge, das Gehänge, das Gezier und sowieso (nun ins Moralische gesprochen) das Verschwenderische. Wo es etwa das Barocke in der Schweiz auch gibt bzw. gab – spezifisch dessen Epoche betreffend –, ist es sogleich gezügelt, oder richtiger gesagt: gehemmt und versteift, was daran liegt, dass ein Bedürfnis zu Ausdruck und Entfaltung hier eben fehlt, nicht etwa aktiv und bewusst unterdrückt wird (das Steife entsteht dann dadurch, dass sich hier jemand «Mühe gibt», etwas auszudrücken, wozu er gar nicht das Verlangen hat). Das betrifft dann aber mehr den Lebenskreis des Patriziers und des vermögenden Städters (von der Kirche lässt es sich weniger behaupten), und diesen Bezug müssen wir hier ausser Acht lassen, da wir vom einfachen Volk sprechen.

Dieses fehlende «Barocke», diese Absenz einer Neigung zu ihm ist nun aber in der Schweiz recht eigentlich ein Kennmerkmal auch des Volkes, eines, das man beispielsweise in den hiesigen volkstümlichen, folkloristischen Veranstaltungen und Darbietungsformen sehen, mit den Augen ablesen kann. Auch in ihren heutigen veränderten oder auch verfälschten, durch Tourismus oder Fernsehunterhaltung geprägten Formen.

Eine Volkstanz- oder Trachtenchorgruppe aus der Innerschweiz ist im Bild etwas anderes als eine solche aus Bayern oder Tirol. Im Vergleich zum hopsigen Treiben und dem bunten, feschen und etwas derben Firlefanz unserer alpenländischen Nachbarn – die wir Schweizer keinesfalls als unsereiner, eigentlich gar nicht als Nachbarn, sondern merklich distanziert als Fremde erleben – mit ihren fast koboldartigen Schuhplattlern, Gamsfedern und Hosenträgern erlebt man einen auf der Rigi gefilmten Trachtenchor wie einen kühlenden Trunk aus einem Bergbrunnen, oder zeitrichtiger ausgedrückt: wie ein Valser Wasser in dessen eigener Reklame. Als etwas Unprätentiöses und Schlichtes, mit dem Anflug einer leisen Lebensdiät, wo vom Betrachter etwas abfällt – aber was, das wäre schwer zu sagen. Gedacht nicht für den Fall, wo ein schmalziges Jödelen stattfindet oder das Hin und Her der Ländlerweisen uns «einstrickt» (Paul Nizon), sondern für den Fall, wo eine Hymne oder Chorlied mit dem Thema der Berg- oder Heimatliebe gemessen vorgetragen wird. Es fallen auf die sauber gestärkten weissen Strümpfe der Frauen, die währschaften (und das heisst: Gewähr gebenden, Verlässlichkeit ausdrückenden) Falten ihrer Röcke, die sorgsam zusammengestellten Füsse in den Trachtenschuhen, deren Schnallen nicht blitzen müssen – die Sorgsamkeit entspringt der ganz praktisch-nüchternen Überlegung: «Wir haben da jetzt einen Anlass und müssen uns dafür richtig aufstellen» –, überhaupt eine Art des soliden und festgefügten Zusammenstehens, bei der man auch an eine gemeinnützige Kommission denken kann, eine Tugend des Zusammenhaltens, deren innere Verlängerung ins Politische und Staatliche hinein mitten im Musikalischen drin, im sonntäglichen Lied, mitgefühlt werden kann, ohne dass der Gedanke dem Anlass fremd würde. Dergleichen Assoziationen sind bei Darbietungen von Volkstirolern und -bayern undenkbar, wo eine gewisse Nähe zum Karnevalmässigen vorliegt, was sich bei der Innerschweizer Gruppe nie und nimmer sagen lässt. Sind die Berge im Hintergrund im Umkreis sichtbar, zumal wenn sie in der blauenden Höhe leicht verschwimmen (und nicht etwa ein postkartenmässiges Schneegipfelpanorama zeigen), so ist zusammen mit den Klängen etwas leicht Mystisches, man kann sogar sagen Vergeistigtes anwesend. Wobei dieses Vergeistigte nicht im Entferntesten mit einer geistigen Haltung der Darbieter zu tun hat, sondern mit dem Abfallen, Entschwinden der sinnlichen Wahrzeichen; die sinnliche Welt überhöht sich hier auf paradoxe Weise ihrer selbst, nämlich dadurch, dass sie sozusagen vor sich selbst zurückbleibt, wofür ich das Wort

«Entwerdung» angebracht finde. Tageszeitmässig passt zu diesem Geschehen am besten der späte Nachmittag oder der frühe Abend, der Feierabend. Dass die bei solchem Anlass räumlich nahe, gegenwärtige Alpenwelt als «hehr» bezeichnet und auch so gefühlt werden kann, ist zutreffend und am Platz, auch wenn dies wohl kein schweizerisches Wort ist, sondern von aussen her gleichsam objektivierend und verallgemeinernd die Sache trifft: Die Sängerinnen und Sänger, auf dieses Wort hin befragt, würden nur lächelnd die Achseln zucken, von den Männern würde einer den andern mit der Faust am Oberarm anstossen und heiter lachend fragen: «Kari, simmer hehr?», sie wüssten nichts dergleichen zu bestätigen, das kommt daher, dass sie eben ohne ein Bewusstsein von dieser Bedeutung, eben unschuldig darin stehen.

Die ganze hier beispielhaft hingestellte Szene drückt auch Rückzug aus, und zwar Rückzug nach oben, eine leise Feierlichkeit – leise, weil nicht gewollt, nicht gemacht noch gesucht – kehrt ein und die Ahnung einer unvordenklichen, daher aussermenschlichen Geborgenheit, wofür die im Kreis stehenden Berg-Individuen als nicht vom Menschen geschaffene Wächter einstehen.

Hier noch ein mir wichtiges Wort zu dem allfällig sich erhebenden Einwand, meine tiefsinnige bildästhetische Wahrnehmung und Analyse entspreche einem alten Cliché, streife womöglich das Kitschige, umso mehr, als mein gewähltes Bild-Exemplum in der Tat bloss einem Televisionserlebnis entstammt, das ich letzthin hatte, also darum gar kein authentisches Bild vom

Schweizer Volksleben wiedergeben könne. Nein, gerade so ist die Quelle richtig und sozusagen eine saubere. Gerade weil die Formen des Schweizer Volkslebens in ihrer Reinheit und Ursprünglichkeit – falls es denn eine solche überhaupt einmal gegeben hat – verschwunden sind, tritt in der Fernsehaufmachung von heute deren Ausdruck nicht bloss zeitgemäss-adäquat hervor, sondern enthült auf medialem Weg, was dem heutigen Schweizer Volk, das hier sozusagen zur Aufführung «seiner selbst» antritt, an den Elementen des Volkslebens wichtig ist. Denn das medial Inszenierte greift sich aus jenen Elementen, gewissermassen atavistisch und darum bei aller Absichtlichkeit unabsichtlich, das heraus, worauf es uns ankommt. Gerade wenn der Anlass Zubereitungscharakter hat, klaubt ein solcher Volksmusiknachmittag in der Fernsehkiste, wo wir passive Zuschauer sind, dasjenige aus dem ehedem Echten oder Ursprünglichen heraus, was wir Heutigen nach heutigem Verständnis mit den Wurzeln des Volkslebens zu schaffen haben. Womit wir dann ganz in der zeitgemässen Sache dieser Untersuchung sind. Ja, die Sache ist in der Form der medialen Fernunterhaltung noch besser, noch richtiger zu erfassen. Es macht nichts, wenn wir als Zuschauer, fern dem Geschehen, passiv oder gelangweilt oder auch mit freudiger Anteilnahme in einem Lehnstuhl sitzen oder auf einem Ruhebett liegen und das volkskundlich Kunterbunte mit den Augen aufnehmen, und es macht nichts, wenn da ein Sepp Trütsch, oder wie immer der Moderator heissen mag, die Stimmung in eine etwas triviale Richtung zu reiten versucht: Gerade dann nehmen wir das unfreiwillig Archetypische, das da daneben immer wieder durchscheint, auf, und es zeigt dann verlässlicher als sonst irgendetwas die Verbindung, die das heutige Volk mit dem früheren Volksleben aufrecht hält, nämlich vermöge der auch innerlich zu verstehenden «Einschaltquote». Zudem liegt – wenn es ein alpenländisches Volksmusiktreffen ist, wie das in meinem TV-Erlebnis nun der Fall war – immer der Vergleich des Schweizer Volkslebens mit dem unserer genannten Nachbarn schön parat, zu den gleichen Bedingungen, denn auch die Bayern und Tiroler sind ja mit ihren Unterhaltungsmatadoren aufgetreten. Aber das wichtigste Argument für die Tauglichkeit dieser Art Bildquelle, die ich gerade und genau für die Sichtbarkeitskargheit, Sinnenarmut, Schlichtheit u. dgl. des von mir untersuchten Schweizer Volkscharakters beiziehe, ist das folgende: Fernsehen ist eine Schauveranstaltung, bedeutet Artistik der Sichtbarmachung, ist also, wie auch immer, theatron, Schauspiel. Wer sich hier zeigt, zeigt immer vor, was er von Sichtbarmachung hält, und namentlich, was er an Talent dazu in sich hat. Die von mir ins Feld geführte Sinnenabstinenz des Schweizer Volkes kann gar nicht umhin, sich gerade an der Sichtbarkeitsveranstaltung Fernsehen unter Beweis zu stellen. Hier, in der Pflicht zur Darstellung, kommt zum Vorschein, wie sich Schweizer zur reinen Präsentation eignen: nämlich nicht; sie neigen dazu, sich dem zu entziehen. Wie es denn auf der Hand liegt oder vielmehr ins Auge springt, dass die Schweizer kein telegenes Volk sind, dass sie für das Fernsehen kein Talent besitzen; man achte nur einmal auf die verknorzte Art, wie unsere Nachrichtensprecher dasitzen, wie sie sich widerwillig Mühe geben, offiziös zu wirken, wie sie die Hände verlegen wie zu einer Gebetshaltung zusammenlegen, alles Gesten von merklicher Gehemmtheit, nicht zu reden von den Gesichtern mit den behelfsmässigen traurigen Mienen, die in befangener Schulbanktreue ein lächerlich wirkendes säuselndes Bühnendeutsch sprechen. Selten vernimmt man von einem Zuschauer, dass er sich daran stossen würde, niemand spricht darüber, alle denken offenbar: so ist es recht, so *genügt* es uns. Von Repräsentierung, so scheint es, halten die Schweizer nichts; es ist aber eher so, dass sie gar nicht wissen, was das ist.

Nach dieser Bilderörterung will ich noch eine Differenzierung anbringen an der behaupteten Sorglichkeit im schweizerischen Volkscharakter, welche sich leicht in eine Richtung missverstehen lässt, die dann ganz von seinem Lebensgrund wegführen würde. Diese Sorglichkeit bedeutet nicht im mindesten Ängstlichkeit oder auch nur latente Bedrückung, wiewohl man sonst den Schweizern häufig eine gewisse Ängstlichkeit nachsagt, zumal der offiziösen Schweiz, Ängstlichkeit im Handeln, in der Entscheidung, «der ängstliche Bundesrat» ist eine stehende Formel und eine sehr angemessene, und es ist ja wahr, dass da eine Brücke besteht zur versteckten Sorglichkeit des einfachen Volkes, worauf ich dann im nächsten Kapitel zu reden komme. Das Schweizer Volk hat einen ziemlich gelösten, heiteren, in sich zufriedenen Charakter, wie es denn ausgewogen wirkt oder wie eine natürliche Wasserwaage,

Abbrüche wie Aufbrüche im Gefühlsmässigen sind ihm fremd, Dankes- und Lobesäusserungen werden mehr abgestattet als gespendet und immer mit ein wenig haushälterischer Sparsamkeit, Exaltationen jeder Art sind unüblich, Begeisterung ebenso wie bodenlose Bedrückung und Furcht – Furcht ohnehin, denn vor wem sollte es sich fürchten, da es ja keinen Herrn über sich hat. Die Sorglichkeit ist dennoch da und etwas ganz Entscheidendes, wie ein geheimer Schwerpunkt, aber sie äussert sich nicht in einer Gemütsstimmung, sie ist eher eine Art Philosophikum, eine Form von praktisch gelebter Weisheit gegenüber dem Leben, von dem man ahnt, dass es an und für sich einen Ausbund von allerlei Gefahren darstellt. Der Charakter des einfachen Volkes, das ist für mich gar keine Frage, ruht in sich selbst, seine Heiterkeit ruht in etwas Selbstverständlichem, hat auch eine gewisse trockene Wärme an sich, etwas herbstlich Warmes wie gedörrte Öpfelstückli, diese Wärme klingt auch in den mannigfachen Tönen der Dialekte immer wieder ganz unprätentiös mit. All das erlebt man gewiss weniger beim arbeitenden Volk der Städte und Agglomerationen, aber beim Volk in den Dörfern, dort mehr bei den Ältern als bei den Jungen, da diese seelische Harmonie an sich ja auf dem Rückzug ist – wohlgemerkt: man erlebt sie nicht bloss bei ausgesuchten Volksoriginalen, die sich für betuliche Hörfunksendungen anbieten, sondern überall, wo man mit Einheimischen ein Gespräch anfängt, vor dem Haus, auf der Strasse, auf dem Feld. Und hier liegt denn auch – um zugleich einer allfälligen stillen Frage des Lesers an mich einmal zu entsprechen – die wichtigste

Quelle meiner Einsichten über Wesen und Charakter des Volkes: Bei meinen zahlreichen Gängen und Wanderungen in unserer reich gekammerten Schweizer Landschaft konfrontiere ich mich stets mit den Leuten am Ort, gleichzeitig von ihnen Abstand haltend, wie dies meines Erachtens einem guten Erkenntnisvorgang zustatten kommt. Wozu auch meine Herkunft aus einem klassischen Landpfarrhaus eine Voraussetzung bildet, weil man bei solcher Soziologie von Kind auf stets mitten im Volk weilt, ohne ihm zuzugehören.

Es stimmt, dass man solche Volkseigenschaften und -tugenden in verwandter Weise auch für andere Gebiete aufzählen und nennen könnte, für ländliche Gebiete eben, für bäuerlich oder handwerklich geprägte Landstriche auch im Ausland, zumal für deutschsprachige, in Oberschwaben, Franken oder der Steiermark. Aber dort sind wohl nicht solche verdichteten Eigenschaften anzutreffen, in denen das Leben als selbstordnendes Verfahrensanliegen aufgefasst wird, und die dann, im Fall der Schweiz, zusammengenommen den Ausweis einer durch und durch *republikanisch* gestimmten Volksseele erbringen. Wo denn die Grundlagen gelegt sind (und gar kein Platz besteht für ein Argument, warum es anders sein sollte), hier aus eigener Regie einen Gemeinschaftsstaat zu errichten, zudem folgerichtig noch einen solchen, bei dem die relative Andersartigkeit direkt benachbarter Lebensräume innerhalb des Landes mit der gleichen Selbstverständlichkeit erkannt und wertgeschätzt wird wie die eigene durch diese Nachbarn, was dazu führt, dass der eigengegründete Staat von vielen Einzelstaaten ebensogut zusammengesetzt (komponiert) wie durchwirkt oder «gespickt» erscheint, und das Verhältnis dieser Einzelstaaten, der Kantone, zum Gesamtstaat ist dann ein ewiges vice versa, gründet in einer durch Grundsätze kaum zu formulierenden Equilibristik, wofür dann die schweizerische Bundesverfassung von 1848 ein uhrenmacherisches Meisterrezept geworden ist. Wo denn – um hier nur rasch im Vorübergehen ein bei Fachleuten gerühmtes Element dieser Verfassung zu erwähnen – die Geltungsgrösse des Ganzen, Abschliessenden und Allgemeinen in jeder Hinsicht, auch im Gesichtspunkt des Prinzipiellen überhaupt, nie in Worten ausgedrückt wird, sondern durch das so genannte *Enumerationsprinzip* auf offene Weise geregelt wird: Indem man das gerade Gegebene und Fällige durch Aufzählung festhält, in einer Reihe, die eine spätere Fortsetzung erlaubt, im selbstverständlichen Vertrauen, man werde im späteren Gang des Staatslebens auf ganz pragmatische Weise die weiteren Bedürfnisse in ebenso nichtabschliessender Weise in die Statuten setzen. Womit dann, nun geistig und grundsätzlich gesprochen, experimentelle Ethik im Staatsleben Einzug hält («Wahr ist, was sich bewährt»), und zwar als dessen zentrales Ferment – und das ist dann der Punkt, wo das Ganze bedenklich wird.

An dieses Bedenkliche bereits heran führt nun meine weitere Betrachtung der Mentalität, der inneren Verfasstheit des Volkes, insofern ich nun deren Elemente unter dem Gesichtspunkt ihrer engen Grenze betrachte. Anders und kürzer gesagt: Ich komme nun zum grossen Aber, das all diesen «unschuldigen» Qualitäten beizusprechen ist. Diese ganze volksschweizerische Lebenswelt ist eine «eingemachte» Welt. Sie beruht auf Einkehr, Einwärtswendung und Zusammenzug, auf einer nicht bewusst vollzogenen Beschränkung auf sich und einen überschaubaren, gekammerten, irgendwie molekularen, in jedem Fall aber umrissenen und geringfügig-kleinen Raum. Wo man denn *stillhalten* und nicht etwa sich ausgreifend weiterbewegen will – wie denn auch sollte man dieses wollen, wo doch das Leben sich in einem Verfahren seiner äusseren Bewältigung genug ist, und das heisst alles in allem: in einer «Wiederkehr des Gleichen»? Sich beschränken auf einen Boden, wo man *steht*: womit das bekannte Bodenständige des Schweizerischen von mir in erster Linie als etwas gleichsam Lebensphysikalisches begriffen wird.

So muss nun hier die spezifische Kleinheit des Schweizer Raums thematisch aufs Tapet kommen, des Binnen- und Lokalraums, in dem das Volk seine Lebensellen auslegt, und gleich dazu auch das Kleinsein der Schweiz im Ganzen, welch letzteres ein stehendes Element und so etwas wie ein argumentatorischer Gassenhauer in jeder Erörterung der Schweiz ist. Ich ziehe das zweite voran und fahre danach mit dem Ersten weiter.

Die territoriale Kleinheit der Schweiz hat im herkömmlichen Landesdiskurs eine Art Fetisch-Charakter. Sie wird als ein Apriori genommen, dem gerade deshalb ein Sinn anhaften müsse, der unserem Schweizersein auf den Weg helfe, uns bestimme und gleichzeitig auszeichne, wo doch diese Kleinheit eher Ausdruck, physische Entsprechung eines inneren Bedürfnisses ist. Die territoriale, geographische Kleinheit der Schweiz stellt die kongeniale Umwelt, Entsprechung dar für unseren inneren Kleinheits-Bedarf, der eben in unserem Fall, in Umkehrung eines Begehrens oder Appetits, ein inneres Kleinheits-Genügen ist. Nicht die Schweiz ist klein, sondern die Schweizer sind es, und zwar im Perimeter ihres Inneren. Wobei sich natürlich ganz zutreffend auch sagen lässt, dass umgekehrt der von den Schweizern in Verfügung genommene äussere Kleinraum fortwährend auf den inneren Perimeter zurückwirkt, diesen responsorisch festigt, bestärkt und bestätigt – wie denn sollte es anders sein bei einem Volk mit einer so langen, langsamen, durch und durch organischen Geschichte.

Darum ist es verfehlt, die äussere Raumdimension der Schweiz als eine unser Staatsbewusstsein bedingende, es erhebende, vor allem aber: gemeinschaftsethisch wegleitende Grösse zu betrachten, aus der dann, in bescheidentlich-schöner Massgabe dieses Kleinraums, unsere wahren Tugenden zu kultivieren wären. Räume stiften keine Tugenden, nur Menschen tun es. In solchem Denken wird der Raum als eine sozialethisch qualifizierende Grösse gesehen oder jedenfalls mitverstanden, und es liegt dann etwas vor, was ja schlecht zu unserem Land passt, eine Raum-Ideologie. Was nun etwas scharf formuliert ist, da solche Anschauung bei uns mehr in der Form einer schulmeisterlichen Gedankenlosigkeit auftritt, bei der der Lehrer nicht nur an die Schüler, sondern auch an sich selbst appelliert, weil er nämlich von etwas überzeugt werden will, was ihn von allein nicht überzeugen kann. In dieser mulmigen Argumentation, unsern Kleinraum betreffend, stehen alle klassischen Schweiz-Redner.

Ihr gar nicht gedankenloser Vordenker ist 1963 Karl Schmid mit seinem «Unbehagen im Kleinstaat» geworden: hübscher Titel eines Standardwerks der Schweiz-Literatur, das nun nicht, wie es sein Autor möchte, dieses Unbehagen, das er für eine fatale und im Grund unnötige Grille erachtet, aus unseren Köpfen verbannt, sondern gerade durch den Beschwichtigungsversuch steigert. Da Karl Schmid mit dem Anspruch eines umgreifenden Denkers antritt, die Schweiz und das Schweizerische mit weit umrundender human-kultureller Gebärde einfasst, gerät ihm gerade die Kleinheit des Landes ganz unwillentlich zu einer spitzigen, weil unversehens rechenschaftspflichtigen Angelegenheit. Schmid möchte der kleinen Schweiz in den grossen, europäischen, ja menschheitlichen Geschichtsleistungen ihren besonderen und zugleich hervorragenden Platz sichern und wird nun bei diesem Schritt zu einem weitgestreckten Spagat gezwungen: Da er, wenn auch metaphorisch, für die Grösse des Kleinen plädiert, ragt ihm das äusserlich Kleinformatige des Vaterlandes als wider Voraussicht behelligendes Gegenargument ständig ins Gesicht: Gegenargument seiner Widersacher, wie er glaubt, die es deshalb zu geschweigen gelte. Das führt ihn und dann später all jene, die zu ihm aufblicken, darunter notabene viele Geschichts- und Staatskundelehrer, in ein Defensionale hinein: Sie werfen sich vor die Kleinheit des Landes mit einer Anstrengung wie in der Raumverteidigungsdoktrin des Ersten Weltkriegs (und es dürfte ja schon seine Bewandtnis haben, dass Karl Schmid neben seiner Literaturprofessur Generalstabsoffizier war). Zum Verteidigungsdispositiv gehört regelmässig das eifrige Bemühen, die Schweiz zwecks höheren Vergleichs bei anderen Kleinstaaten der Geschichte anzubinden, und regelmässig kommen sie dabei in Schwierigkeiten. Denn natürlich ist es nicht so, dass an anderen Orten und zu anderen Zeiten kleine Staatswesen aus denselben Gründen klein gewesen sind wie die Schweiz: Hier wirkt sich nun aus, dass man aus dem heimischen Kleinstaat einen Fetisch gemacht hat. Da sieht man nun unsere Apologeten die merkwürdigsten Sprünge machen. Beim Versuch, für die höhere eigene Wertschätzung Kollegen zu finden, gelangen sie in eigenartiger Verzückung und in einem Weitflug, den man diesen Verteidigern der Kleinheit nicht eben zutrauen konnte, sehr bald grad direkt zur altgriechischen Polis, wo sie dann aber deren berühmteste, Athen, deswegen nicht eigens herausheben können, weil ja Athen zugleich eine Seegrossmacht war (und zwar dies gerade auf dem als schweizerisch mitempfundenen Höhepunkt seiner Kleinstaatblüte), die nicht nur in Kriege gerissen wurde, sondern solche selbstständig vom Zaun brach. Sie müssen sich dann auch bei der glanzvollen Erwähnung der Renaissance-Stadtstaaten Italiens in die Zunge beissen, weil da doch viel Unschweizerisches, nämlich Gift und Mord, im Einsatz war, welchem Umstand gegenüber wir uns dann allerdings erhöhen (und damit wohl gleichzeitig für den uns entgangenen Botticelli und Leonardo entschädigen), und kommen dann, in die neueste Zeit vorstossend, noch so von ungefähr bei Belgien vorbei, da dieses durch das uns am Herzen liegende Prinzip der Vermittlung und als neutrales Land entstanden, zudem günstigerweise noch ein mehrsprachiges Land ist, müssen dann den Vergleich doch bald wieder wie eine heisse Kartoffel fallen lassen, da ja nun Wallonen und Flamen ziemlich schlecht auskommen, können dann aber gerade diesem Manko gegenüber wieder umso strahlender aufwarten mit der Nationenharmonie in der nicht zwei-, sondern sogar viersprachigen Schweiz! «Mein Gott, wie herrlich klärt sich alles auf», möchte man da mit der Kurfürstin in Kleists Stück Prinz Friedrich von Homburg ausrufen. – Ich breche aber hier diese Raum-Saga ab, wir sind da nicht mehr bei Zeugen des einfachen Volkes, sondern bei unseren Offiziösen: Wir sind dort, wo vor einiger Zeit einmal ein Basler Bürger, einer aus dem «Daigg», in seinem städtischen Idiom sagte: «Där Carli liägt», womit er aber nicht den Karl Schmid meinte, sondern den berühmten Diplomaten Carl J. Burckhardt. «Liäge», welch feingewobenes Dialektwort, es ist etwas weniger als lügen und etwas mehr als schwindeln, es ist soviel wie «bschiisse», aber angehoben um den approbierten Zusatz des Listigen, man sieht förmlich, wie der Sprecher eins seiner Augen schräg herunterzieht. Und damit nun hin zum lokalräumigen Perimeter des einfachen Volkes.

Die primäre, seiner inneren Verfassung angemessene Raumentsprechung des schweizerischen einfachen Volkes ist nicht das Gesamtland und ist nicht der Kanton, sondern der Plätz, die Schüssel, der Strich, der Hubel, das Tal, die ihm sein Umschwung sind. Nennen wir da einige dieser vielen Kinder bei ihren Namen. Des Schweizer Volkes Heimat ist das Wasseramt, das Chelleland, das Rüebliland, das Tannzapfenland, das Studenland, das Weinland, das Schwarzbubenland, der Heinzenberg, der «Buechibärg», der Seerücken, das Säuliamt, das Hinterland, das Vorderland. Es ist nicht die noch kleinere, aber exakte Einheit der Gemeinde, auch wenn man dort «heimatberechtigt» sein sollte. Einer aus Stammheim, Kanton Zürich, kommt aus dem «Stammertal», wozu neben den beiden Stammheim auch Waltalingen und Guntalingen gehören, aber Gisenhard nicht mehr und Ossingen schon gar nicht. Die Grenzen sind fliessend oder besser gesagt: irgendwie praktikabel; sie drücken einen, sagen wir, Hand reichungsspielraum aus, meist bringen diese treuherzig-schlichten Namen einen Zusammenhang mit dem eigenen am Boden getätigten Schaffen zum Ausdruck und seinen von Natur aus oder deren Erschliessung vorhandenen einfachen Produkten und kleinen Schätzen. Gewiss halten sie sich von ungefähr auch an morphologische Gegebenheiten des Bodens, also an etwas Landschaftliches. Oder sie folgen in Ausdrücken wie «Amt» vagen historisch-politischen Gegebenheiten von einst, aber ganz so, als ob sie sich dort nur anlehnen, dort nur Anleihe machen würden: Als Historisch-Politisches im engeren Sinn ist ihnen die einstige

Setzung eigentlich ganz unwichtig. Genau darin ruht das Heim-Räumliche des Schweizerischen. Dass sich dieses vorgegeben Heimatliche ziemlich mühelos zu einem Kantonalheimatlichen und dann Landesheimatlichen aufsummieren lässt, liegt daran, dass all die anderen in ihren eigenen Heimaten eben «Noch-puure» sind, das heisst in der engeren oder weiteren Nähe in der gleichen Situation stehen, und es entspricht dann dem ganz und gar pragmatischen – eben nicht zum Abstrakten einer «höheren Idee» neigenden – Sinn der Leute, dass man sich solcherart *organisatorisch* zu etwas Grösserem – richtiger gesagt wäre: weniger Kleinem – zusammenfasst. Das bleibt auch dann richtig und zutreffend, wenn man bedenkt, dass all diese Bildungen von Kantonen in der Regel nicht direkt durch das Volk geschahen, sondern durch den Willen zentraler Städte oder von talschaftlichen Oberschichten (oder dem ausländischen Diktator Napoleon). Richtig darum, weil sich das einfache Volk diesen Schritt sozusagen «gefallen liess». Streng historisch gesehen ist meine Aussage zwar eine Stilisierung, da ja die historische Ausbildung grösserer Räume das einfache Volk in der Vergangenheit zu Zeiten hart angekommen sein mag, aber für das Bewusstsein der Heutigen wie der Gestrigen wie der Vorgestrigen, für mindestens einen Vier- oder Fünfschritt der Generationen ist das alles ohne jeden Belang. Wie denn auch die historischen Krisenausdrücke Wilchinger Handel, Stäfner Handel, ja selbst Schweizerischer Bauernkrieg allesamt einen warmen, verzeihenden Klang haben. Es liegt ja auch dies alles jetzt mehr als zweihundert Jahre zurück.

Unser Bewusstsein wird nicht innerhalb so grosser Zeiträume gebildet, und dieses mein Wort an dieser Stelle will zugleich eine Einrede gegen den abstrahierenden Geltungsanspruch der Historie sein, im Besonderen gegen unseren nationalen Mythos des siebenhundert Jahre mächtigen Grossgeschichtsraums: Von ihm sollen wir uns nicht an die Leine nehmen lassen. Was für diese Gedanken, das Anliegen dieser Schrift überhaupt, zählt, ist unser Lebensbewusstsein, denn nur mit dem machen wir den Schritt vom Jetzt in das Morgen.

Es ist wahr, dass Aussagen wie «Ich bin ein Säuliämtler» oder «Ich bin aus dem Schwarzbubenland» heute ziemlich verstaubt sind und nicht mehr eine lebendige Identität ausdrücken, und dies auch im Bewusstsein ihrer Sprecher. Sie werden ja stets mit einem treuherzigen Lächeln vorgebracht, etwa im Sinn von «Sie wissen ja so gut wie ich, dass das heute gar nicht mehr zählt», aber es ist stets eine Anlehnung, eine heimelige Allüre dabei, womit man sagen will, dass man «eigentlich» dorthin gehört. In diesem gemögigen Lächeln, genau da, liegt ein tieferer innerer Kern des eigentlichen Raumbewusstseins. Gerade dieses Lächeln, etwas lieb, etwas müd, aber auch etwas klitzeklein feierlich, ist der Beleg, auf den es meines Erachtens ankommt, weil darin die zurechtrückende Vernunft nicht Zugriff nimmt. Und darum hält sich diese regionale Bodenhaftung selbst in der modernen Landestopographie weiter am Leben: die Bezeichnung «Studenland» für den nordöstlichsten Zipfel des Aargau ist der Landeskarte weiterhin aufgedruckt, und man muss, um jemandem erklären zu können, wo Wislikofen liegt, sagen können «im Studenland», sonst kommt man nicht durch, und man geht dabei merkwürdigerweise davon aus, dass nun der andere «Aha» sagt, obschon das ja eigentlich nicht mehr erwartet werden kann.

Zwischen dem lokalregionalen, dem kantonalen und dem gesamtschweizerischen Raum gibt es im Grunde keine Konkurrenz. Es wird da hin- und hergewiegelt, hinauf und hinab, oder besser: hin zum Grösseren, her zum Kleineren. Die drei Identitäten sind manchmal ein heiteres Streitthema unter Schweizern, in Form eines neckenden Spiels, und die Antwort, welche nun die wichtigste sei, fällt immer wieder anders aus, was im Grunde bedeutet, dass alle drei gleich wichtig sind oder dass man sich in einem dreifaltigen Gleichgewicht befindet. Dabei kann ja das kantonale und das eidgenössische Raumbewusstsein nicht vom gleichen Charakter, nicht von der gleichen Valenz sein wie das lokale, weil diese beiden das staatlich-politische Bewusstsein enthalten und tragen. Dem gegenüber ist das, was ich unter dem Gesichtspunkt eines mentalen Raums skizziert habe, nur im Lokalräumlichen zu fassen und zu orten. Hier gibt sich oder nimmt sich das einfache Volk seinen Lebensraum, der seiner Denkweise gemäss ist und – wichtig für die ganze Debatte hier – gemäss bleibt. Dessen ungeachtet findet bei uns eine Überwölbung der politischen und institutionellen Einheiten Kanton und Bund durch das mentale Bewusstsein des Lokalräumlichen statt, und sie stellt sich für das Bewusstsein aller ganz problemlos dar, obschon sie doch gar nicht unproblematisch sein kann.

Der Schritt zu den politischen Einheiten Kanton und Land ist sozusagen nur das Umlegen von grösseren Ringen um den kleinen und kleinsten wie bei den Jahrringen von Bäumen, oder wie das Ineinanderstellen von Schüsseln, ein sozusagen küchenpraktischer Schritt, und es wird dabei angenommen, die Elemente seien vom gleichen Stoff. Woran liegt das? Es liegt daran, dass das Staatlich-Strukturierte in der Schweiz keine Kategorie eigener Ordnung ist, sondern im Wesentlichen eine einfache Fortschreibung des Gemeinschaftsbewusstseins von der untersten Ebene her, und darum kann es gar nicht anders sein, als dass der Staat Schweiz ein Gemeinschaftsstaat reinsten Wassers ist. Von einer *Schöpfung* lässt sich bei diesem Gemeinschaftsstaat nicht reden: Er ergibt sich sozusagen von allein, durch eine Aufsummierung, mag auch bei uns um das differenzierte föderalistische Gebilde des Bundesstaates ein grosses Aufheben gemacht werden. Es ist eigentlich auch falsch, von einer «vielfältigen» Schweiz zu reden, jedenfalls wenn man damit ihren politischen Organismus meint: Es geht hier nur um eine «variatio ex eodem». Das heisst: Alle Glieder sind zwar voneinander verschieden, aber gerade darin auch alle gleich, weil sie aus dem identischen Grund verschieden sind: dem Willen zur Verkammerung, zur Abscheidung von einem umfassenderen Grösseren. Darum ist das Ganze des Staates hierzulande kein Problem, weil es nämlich, scharf gesprochen, gar nicht existiert. Wenn Otl Aicher in lakonisch-kalter Kritik hinsichtlich Befindlichkeit und Lebensbewusstsein unseres Landes gesagt hat, die Schweiz sei «gegenstandslos», so wäre seine Aussage jedenfalls auf den Staat als solchen anwendbar. Dessen Ganzes ist als Gegenstand nicht zu finden. Denn jenes einigende Ganze, zu dem sich die Teile zusammengeschlossen haben, kommt in der Schweiz immer nur insoweit in Sicht, als darin die Teile ihre Teilhaftigkeit statt überwunden bestätigt sehen, und die Teile stets insoweit, als sie sogleich auf das Ganze hindeuten, als läge dort etwas anderes, während es doch nur das Sammeldepot ihrer Teilhaftigkeit ist. Womit im Schweizer Staat gewissermassen eine Tautologie angelegt ist oder etwas Kreisschlüssiges, was man hierzulande indessen mit Genugtuung als Gleichgewicht bezeichnet, obschon ja im Kreisschlüssigen ein Element von Gefängnis liegt, etwas von totem System oder ewigem Umgang.

Ohne Frage aber bleibt etwas wahr: Ein solches Gebilde ist standhaft, beständig und stabil par excellence. Nichts kann ihm etwas anhaben. Kommt da ein neuer Faktor auf es zu oder dringt in es ein, einer, der dem gemeinsamen Lebensentwurf vielleicht nicht gemäss ist, so schadet das nichts: er wird in Umlauf gebracht, dem Schlüssigen des Kreises anheim gegeben, so lange, bis er müd ist, so lange, bis er sich durch Müdigkeit erledigt. Diese Ordnung ist mehr als dauerhaft, sie ist *immerwährend* und auch genau als solche ersonnen. Mithin ist sie resistent gegen alles, ausser gegen eines: das volle mögliche Leben. Dieses hat immerwährende Verhältnisse noch nie sanktioniert.

Nichtkonsistenz bei den Gebildeten, Offiziösen und der nicht vorhandenen Führung

Von der tieferen Problematik dieser Selbstbezüglichkeit im räumlich-staatlichen Kontinuum der Schweiz weiss das einfache Volk nichts. Es kann auch gar nicht seine Aufgabe sein, es zu wissen. Obschon das kreisschlüssige Gebilde in der Tat beim Lebensgrundriss des einfachen Volkes seinen Ausgang nimmt, wiewohl es sich von seiner lokalörtlichen Mentalität her aufrichtet, ist das einfache Volk daran unschuldig.

Jede Gründung eines Staates, insbesondere eines modernen Staates wie des Bundesstaates von 1848, in dem wir leben und der für uns und diese Schweiz-Erörterung massgebend ist, stellt einen Schritt in ein Allgemeines und Abstraktes dar, der ohne die geistigen Mittel des erkennenden Abstandes, der *Unterscheidung* vom Vorliegenden und Gegebenen nicht zu bewerkstelligen ist. Dies gilt auch dann, wenn der zu gründende Staat ein ausgeprägter Gemeinschaftsstaat sein soll und sich in seinen Elementen auf ein pragmatisches Lebensverständnis seines Volkes beziehen will. Denn Staat bedeutet in jedem Fall Konzept, Struktur, Institution, sodann Gesetz und Regel, und all das geht aus einer *Setzung* abstrahierender Denkleistung hervor. Es braucht dafür bekanntlich Juristen, Staatsrechtler, Professoren mit Wissen und Bildung und aufgesetzter Brille, die für ihre Erkenntnisarbeit, abgesehen von der Befähigung zum Abstand, zur Distanz vom Betrachteten, auch die Befähigung zum Vergleichen benötigen, zum Vergleich mit anderen Staaten und Staatsverfassungen. Sie treten also für ihr Werk zwingend vom Boden, auf dem sie stehen, weg und hin zur Welt, nehmen Welt auf. Ihr Werk wird daher am Ende nicht das Gleiche sein oder dem auch nur entsprechen, was vor ihm war, sondern etwas Anderes: hier wird eine andere Lebensordnung geschaffen, die dann, geistig gesprochen, über dem Land steht und daher zu Recht eine höhere Ordnung genannt wird. Wobei ich mit «höher» nicht eine höhere Souveränität oder einen Primat des Staates vor den Ansprüchen und Freiheiten der Individuen meine; ich spreche von Staatlichkeit als einer *qualifizierten* und nur dann das Staatsleben auch *qualifizierenden* Grösse. Genau dieses einzusehen und zu leisten, das ist die Aufgabe der Intelligenzschicht in einem Volk – nicht dieses Volkes selbst. Zwischen der Intelligenzschicht eines Volkes und diesem Volk muss ein Unterschied bestehen, wofür es einer geänderten Mentalität bei dieser Intelligenz bedarf, die ihr eben mit dem Status der Bildung zuwachsen muss. Denn niemals ist es das Volk, das sich einen Staat schafft, es ist seine Intelligenz, die dies tut. Die Redensart, dass sich, zum Beispiel in der Schweiz, «aus dem Volk» heraus ein Staat gebildet hat, ist daher nur als solche, eben redensartlich, am Platz, im weiteren aber und genau bedacht ist sie unsinnig. Und vollends unhaltbar ist der Einmaleinssatz unserer Staatskundelehrgänge: «Der Staat – das sind wir!» *Zu sagen «L'Etat – c'est nous!» bedeutet in gleicher Weise eine Pervertierung des Staates wie jenes andere «L'Etat – c'est moi!»*, dem sich das Erste in aller Schärfe entgegenstellen möchte. Beide Sätze sind Zwillinge in dem, dass sie auf gleichsam symmetrische Weise das Wesen des Staates verfehlen, und beide richten auf gegenläufigem Weg ein *totalitäres* System ein. Wobei im Fall der Schweiz das Totalitäre nicht einer politischen Absicht entspringt – versteht sich: im Gegenteil –, sondern einer Verkennung des Wesens des Staates, die daher rührt, dass man hier durch Verkürzung Staat mit Volk gleichsetzt. Denn niemals ist Staat identisch mit Personen, seien es eine, viele oder alle: Staat bezieht sich zwar auf Personen, aber niemals stellt er sie dar; er ist etwas Anderes. In der Tat: Staat ist ein Gegen-Stand des unstrukturierten Lebens seines Volkes, andernfalls ist er gegenstandslos. Einen «Personenstaat» gibt es nicht, und wenn man in Bezug auf den Lehensstaat des Hochmittelalters doch von einem solchen spricht, dann ist das entweder eine bloss modellhaft-behelfsmässige Rede, oder dann, falls der Begriff wirklich einen tieferen Sinn hat, ist er uns zusammen mit jener fernen Epoche entrückt und für unsere Zeit und die in dieser Arbeit eröffneten Gedanken ohne jeden Belang.

Nun wird ja auch in der Schweiz niemand bestreiten, dass bei der Gründung eines Staates der Intelligenz eines Volkes die eigentlich schaffende, schöpfende Rolle und Aufgabe zukommt, nämlich jenen Fachleuten im engeren Sinn, die zur Herausarbeitung von Grundsätzen und Paragraphen einer Verfassung befähigt sind. Und natürlich haben die Gründerväter von 1848, als sie die Bundesverfassung erarbeiteten, ihre Aufgabe in diesem Sinn mit Ernst und Eifer auch wahrgenommen, einschliesslich der Arbeit des Vergleichens mit den Verfassungen anderer Staaten, wodurch sie zur Welt hintraten und Welt aufnahmen. Man fasst aber bei uns diese Sache als eine des bloss äusseren Verfahrens auf, bei der es sich erübrige, ein weiteres Wort zu verlieren – ein Bergbauer aus Uri ist schliesslich nicht in der Lage, die verfassungsrechtliche Bedeutung der Virginia Bill of Rights von 1776 für die amerikanische Verfassung von 1787, das erste demokratische Grundgesetz der Welt, zu ermessen. Über diesen Aspekt eines blossen Vollzugs wollen aber meine Gedanken deutlich hinaustreten. Was ich sagen will, ist dies: Mit dem Tätigwerden der Intelligenz bei Stiftung und Schöpfung eines Staatsorganismus, sodann später bei ihrer staatstragenden Rolle als Establishment oder Classe politique ist die Verpflichtung zu einem Mentalitätswandel verbunden, durch den sie dem Wesen des Staates als einer neuen und anderen Grösse des Lebens gemäss wird. Solche Verpflichtung ist, wie ich bereits dargelegt habe, mit der bewusstseinserweiternden Wirkung der höheren Bildung schon an sich gegeben, doch ist dies nur der erste, sozusagen noch luftleere Teil der Wahrheit. Entscheidend ist –, und erst hier münden wir nun in ein kaum je erörtertes Kernproblem des helvetischen Staates ein –, dass die für und im Staat tätige offiziöse Intelligenz eine spezifische Mentalität im Sinn einer Schicht oder Klasse erwirbt, etwas also, was dann gewissermassen soziologisch relevant ist, auch wenn diese meine Explizierung «nur» im Sinn einer inneren Analogie gesprochen ist und nicht etwa als ein Erfordernis einer ständischen Ausgestaltung.

Genau dies ist in der Schweiz nie geschehen, und dieser Sachverhalt ist, soweit ich sehe, jenen, die dafür zuständig sind und die es angeht, den Gebildeten und Offiziösen, nie ins Bewusstsein gedrungen. Das ist sehr merkwürdig, weil von diesem Punkt her, der in einer Unterlassung besteht, eine Unzahl von kleineren und grösseren Ärgernissen und Problemen im Einzelnen, ein schwer situierbares Ungemach im Ganzen (daher bei uns solche Buchtitel wie «Unbehagen im Kleinstaat» und «Helvetisches Malaise», die an einen Menschen mit unerkanntem Rheumaleiden erinnern) das ganze Staatsleben wie ein müder Nieselregen infiltriert, täglich, dauerhaft, wobei man über diesen Niederschlag sehr gut Bescheid weiss, täglich ist er in Presse und Fernsehen ober- und unterschwellig Gegenstand eines dauernden und im Ganzen ziemlich folgenlosen Diskussionsgeredes. Nie wird der Finger auf die bewegende Ursache hiefür gelegt, die freilich nicht im Staatsleben selbst, sondern in dessen Voraussetzungen liegt. Und dass dies nicht geschieht, ist nun doch wiederum sehr begreiflich, denn man würde bei diesem springenden Punkt letztlich der Aporie des schweizerischen Lebensplans als Ganzem ansichtig werden, und das ist schwer auszuhalten. Das würde dann nämlich, nun jargonmässig gesprochen, «ans Eingemachte» gehen, ein Ausdruck, der wegen seines Doppelsinns hier genau am Platz ist.

Die gebildete und im Staat tätige Intelligenz der Schweiz hat sich nie eine eigene Mentalität erworben, sondern lehnt sich, mehr unbewusst als bewusst, am Lebensgrundriss des einfachen, zumal ländlichen Volkes an. Diese Erscheinung möchte ich als *Plebejismus* der schweizerischen Intelligenz bezeichnen. Es ist, wie wenn dem schweizerischen Gesellschaftskörper der buchstäbliche Kopf fehlte. Je höher der Magistrat, desto beflissener entspricht er dem Bild des einfachen Mannes, der einfachen Frau. Parlament und Bundesregierung missverstehen den Gedanken der Repräsentanz dahingehend, dass sie in ihrer Vertretungsperson das Volk möglichst zu *bespiegeln*, ihm gleich zu sein hätten. Die Folge ist eine mentale Verdörflichung unserer Staatsspitze, und da kein Gebot der Unterscheidung da ist, diese Entwicklung aufzuhalten, kommt es dahin, dass von den Präsidenten dreier grosser Parteien deren zwei die Figur eines erwachsen gewordenen und nun mit einem anderweitigen Amt betrauten Geissenpeters abgeben. Und dass am Ende im Bundesrat die Personen sitzen, die wir nun einmal haben und wie sie eben sind. In einem Organ, das die oberste Landesregierung zu sein hat. Aber wieder ist hier das stoisch-lächelnde «Wir wissen Bescheid!» zur Stelle, das sich die Endlosschlaufe des Tautologischen als Quelle besonders guter Unterrichtung zunutze macht: Regieren – was meinen Sie damit? Das ist gar nicht unsere Aufgabe, bei uns regiert das Volk etc. So holt man Sinn und Wesen der Staatlichkeit herunter, verlegt sie in trivialer Verkennung auf die Parterre-Ebene der Befindlichkeit von Müller und Meier, ganz als ob die Bürger nicht gerade durch die Errichtung von Staatlichkeit in eine andere Verfasstheit des Lebens geführt worden seien. Einzuräumen ist, dass diese Erscheinung erst in den letzten zwanzig Jahren eine auffällige geworden ist, und dass an ihr das Anliegen des Basisdemokratischen mitwirkt, welches auch im Ausland als zeitgemässe Forderung erhoben wird und insofern kein schweizerisches Eigengewächs ist. Doch werden bei uns, wo wir im Unterschied zum Ausland in wohlerprobten direktdemokratischen Verhältnissen leben, diese Tendenzen in einer Art Übereifer oder eher wohl Lässlichkeit als Vollendung der Demokratie empfunden, man zeigt sich ihnen jenseits einer ideologischen Zustimmung als willfährig, was daher rührt, dass wir uns dem strukturellen Anspruch des Staatlichen entzogen haben.

Gehen wir nun den Gründen dieser versäumten Eigenrolle der schweizerischen Intelligenz, ihrer spezifischen und sie verpflichtenden Funktion im Sozialkörper des Landes nach. Es sind hauptsächlich drei, wovon zwei ganz konkret durch die Geschichte und die Gesellschaftsentwicklung der Eidgenossenschaft vermittelt sind. Alle drei aber ruhen in dem, was ich hier durchgehend den schweizerischen Lebensplan nenne.

Aus dem Erwerb von Bildung, wie ich ihn im vorausgehenden Kapitel erörtert habe, folgt zwingend die Befähigung zum Überblick und zur Übersicht, und diese Wörter wollen wir in ihrer räumlichen Metaphorik ernst nehmen: sie bedeuten, dass man geistig nicht nur weiter-, sondern höhergekommen ist, dass man deswegen eine weitere Sicht hat, weil eine höhere (auf einer Fläche kann man nicht weiter sehen ohne einen erhöhten Standort). Mit solch bildlicher Kennzeichnung, die auch in meiner Rede vom Staat als einer höheren und über dem Land stehenden Ordnung enthalten ist, tritt aber eine Anschauungsgrösse ins Spiel, auf die der Schweizer Lebensentwurf nicht vorbereitet ist. Oben! Für uns ist das dort, wo weiland Gesslers Hut hing. Die vertikale Dimension scheint das Genossenschaftliche zu verneinen, sie gemahnt vielleicht an eine gesellschaftliche Abstufung, an einen Rang unter den Menschen, und wird darum auf einem assoziativpolitischen Weg als mit dem Demokratischen unvereinbar verworfen. Die Verpflichtungen, die aus der Bildung und den Aufgaben der Intelligenz resultieren, werden gewissermassen als etwas Aristokratisches gewittert, und gegen dieses hegt man seit dem Spätmittelalter und vollends seit 1798 die schärfsten Instinkte. Umsonst: denn die Erfordernisse, die durch Bildung eintreten, sind zwingende; sie lassen sich durch keine politisch-sozialen Analogien abgelten. Die Schweizer Ideologie vom schlichten Leben steht hier wie ein Esel am Berg. Es rächt sich nun, worauf seinerzeit Paul Nizon (in seinem «Diskurs in der Enge») fast allzu schüchtern und wie um den Nationalzorn nicht herauszufordern hingewiesen hat, dass die Schweiz vormals ihre Aristokratie vertrieben hat, den eigenen Gesellschaftskörper im Unterschied zu allen andern Ländern völlig dekapitiert (enthauptet) hat. Es wirkt sich des weiteren aus, dass dieses Land keine wirklich grossen Städte mit der Potenz von Strahlungszentren hat, wo sich ein anderer Lebensgrundriss als der regionalländliche einflussreich hätte manifestieren können.

Durch den Wegfall dieser Potenzen ist es der Schicht der Gebildeten in der Schweiz unmöglich, für ihren emanzipierten Status an einer äusseren gesellschaftlichen Gegebenheit einen Orientierungshalt in der Weise einer *Analogie* zu finden, entsprechend der Wirkung eines Spaliers, was in Italien, Deutschland und Frankreich, die ihre Aristokratie ja inzwischen auch längst entfernt haben, spürbar weiterwirkt, mehr als jenen in ihrem heutigen demokratischen Ethos bewusst ist.

Die Anleihe, die die schweizerische Intelligenz bei der Mentalität des einfachen Volkes macht, ist ihr ebenso unbewusst wie gleichzeitig ganz selbstverständlich, sie fühlt sie als Tugend, weil sie selber ja aus dem Volk aufgestiegen ist. Das ist zwar nicht ganz richtig insofern, als die akademische Schicht sich auch bei uns bis vor wenigen Jahrzehnten überwiegend aus dem Bürgertum rekrutierte. Aber auch bei diesem Bürgertum treffen wir wieder auf eine Grösse, die auf das einfache Volk durchlässig und durchscheinend ist. Das schweizerische Bürgertum hat zwar Macht und Einfluss in allem und jedem, zumal bei der Schaffung des nationalen Reichtums, es liegt aber weniger als Oberschicht denn als eine lose Decke über dem Land, es ist nicht eine vom einfachen Volk deutlich abgesetzte eigene soziologische Kraft. Das Bürgertum ist bei uns ein freisinniger Firnis mit einem Korb voll luftiger oder vielmehr handfester Freiheitsideale, es ist nach unten gegen das Kleinbürgerliche und Bäuerlich-Ländliche nicht nur offen, sondern bezieht von dort durch Tüchtigkeitsnachweis seinen Nachwuchs, wenn es denn nicht gerade seine prominentesten Glieder durch Zuzug aus dem Ausland gewonnen hat. Freie Bahn dem Tüchtigen! In dieser seltsam ungebärdigen und hemdsärmeligen Kurzformel des schweizerischen Freisinns, die nur einen kümmerlichen Trester aus der Kelter des europäischen Liberalismus vorstellt, findet das schweizerische Bürgertum den Schulterschluss mit dem Tüchtigkeitsprinzip im Lebensgrundriss des einfachen Volkes; das bürgerliche Prinzip ist zwar nicht vom gleichen Stoff, da es in den Aktivitätsdisziplinen des Marktes, des Waren- und Geldhandels auf der raumunabhängigen Abkömmlichkeit beruht, es vermag aber im industriellen Zeitalter dem praktikablen Gedanken des Hand-Anlegens und Ins-Werk-Setzens zu entsprechen. Alles Übrige, was noch unterschiedlich ausfällt, ist, wie stets im freisinnigen Weltbild, «Privatsache», man braucht in der Villa des Fabrikanten nicht Ländlermusik zu spielen, man kann auch Jazzinstrumente sammeln oder, was dann mehr zählt, Kunst. Ein eigener Standesentwurf, dem dann auch wirklich eine andere Mentalität entspräche, geht hiervon nicht aus.

Es erweist sich also, dass in der Schweiz die Intelligenz, in deren Blickfeld die erweiterten Belange des Lebens mit ihrem abstrahierenden Geltungsanspruch rücken, nicht hat, wo sie ihren Zuschnitt finden könnte: nicht die historisch-atavistische Wurzel von Aristokratie oder Adel, nicht den kühnen Weltformungsanspruch eines Grossbürgertums. Woher nehmen, wenn dafür in der Struktur des Landes nichts zu finden ist? In dieser Lage flüchtet sich die Intelligenz des Landes ins «Trückli» der lokal begrenzten Mentalität des einfachen

Volkes zurück, beginnt immer dann, wenn sie den inneren Anspruch ihres veränderten Status an sich selbst spürt, dorthin sich hinüberzulehnen und dort Anleihe zu machen, als sei sie bei ihrer eigenen Entfaltung auf eine unsichtbare Mauer gestossen. Sie biegt sich zur ruralen Denkweise zurück, um so einen Halt zu finden, nämlich jenen Bodenhalt, in welchem für das Wesen der Intelligenz eben genau kein Heil liegt. Immer wenn man sich mit gebildeten Schweizern über etwas näher, länger, gründlicher und allgemeiner bespricht, insbesondere über ein Helveticum, begegnet einem nach drei, vier Sätzen jenes eigentümliche Flachsen, jenes lächelnd verlegene Ausweichen, jenes zurückgebogene Sich-Winden und schliessliche Abbrechen einer geistigen Diskurslinie, die man gemeinsam begonnen hat, und jenes treuherzig-flache, auch begütigende Einkehr-Nehmen bei tautologischen Haltepunkten, die alles in allem das Denken eindicken wie einen Sirup, und wo zusammengefasst der Ertrag des Gesprächs beim Satz «Es ist, wie es ist» endet. Es kommt nach allen Gedankenreihen regelmässig eine Art Dörflichkeit nicht als inhaltliches Argument, sondern als geistiger Kataster zum Vorschein, die ohne es inne zu werden den menschlichen Sinn und die Kraft des Denkens selbst ins Abseits stellt, desavouiert, in einer leicht grinsenden Gemeinschaftsgeste, die den andern wie selbstverständlich auf das gleiche Terrain zieht, mit dem unausgesprochenen Satz: «Was wollen Sie, Sie wissen doch, wir sind eben so», oder dergleichen.

Ich habe Staatlichkeit und Verfassung als Errichtungs- und Betriebsleistungen erwähnt, um ein allgemeines und zentrales Feld einer erweiterten Lebensgrösse anzuführen, an dem sich die Intelligenzschicht eines Volkes bewähren muss. Ich will hier nicht Verfassung und Staatlichkeit der Schweiz in ihren einzelnen Aspekten berühren, nur einen Punkt hervorheben, der im Zusammenhang dieser Gedanken besonders sprechend ist: die fehlende Verfassungsgerichtsbarkeit. Dieser Punkt ist ja eigenartigerweise in der Schweiz ein allgemein bekannter und oft beredeter, keineswegs ein Nörgelpunkt einiger Spezis unter den Staatsrechtlern: Kein Gespräch über eine vermutete Misere an unserem Staatsleben, das nicht mit dem Satz «Wir haben eben kein Verfassungsgericht» abschlösse, und zwar mit jener eigentümlichen Weisheitsmiene, als ob wir da den letzten Boden allen Denkens erreicht hätten, als ob da «halt» ein grosses Relativum unserer gesamtmenschlichen Existenz berührt sei, mit dem man eben leben müsse und dies auch, worüber man eigentlich erstaunt sein dürfe, ganz gut könne. Warum erwähne ich gerade diesen Punkt? Eine Verfassung, die ihrem Wesen nach eine abstrakte Hervorbringung ist, benötigt eine Kontrollinstanz, die gerade über ihrem Strukturwesen wacht, die den Sinn für den Geltungs- und Ordnungscharakter ihrer Linien, Satzungen und Prinzipien aufrecht erhält, die den «Geist der Gesetze» (Montesquieu) hütet, ja die selber der Geist dieser Gesetze ist. Ein solches Organ ist für eine Verfassung nicht ein Appendix oder dergleichen, sondern ihr Herzstück in Form eines Oberhauptes. Niemand und nichts anderes kann diese Funktion wahrnehmen. Und gerade ein solches Organ, das ist sprechend genug, vermochten nun die Schweizer nicht hervorzubringen, eben weil ihr denkferner Habitus nicht imstande ist, diesen Schritt der inneren Folgerichtigkeit zu machen. Von da her der Stil der Wurstigkeit, der besonders in den letzten zwanzig Jahren aufgekommen ist. Ich vermute sehr, dass viele unserer staatlichen Entscheidungen gar nicht verfassungskonform sind, etwa die Aufhebung bereits ergangener Volksentscheidungen, die verfügte Aufhebung des Männerstimmrechts in einem Halbkanton (Appenzell), die präsumtive erste NEAT-Abstimmung ohne Budgetgrundlage samt deren späterer Aufteilung in der Materie. Unser Staatsleben eiert, unsere Staatsgrundlage rutscht, aber was da vor sich geht, nimmt man als ein ländliches Navigationsproblem von Pflug und Karren, wo dann der Appell genügen soll, dass «alle am gleichen Strick ziehen», und die immer wieder gehörte Schweizer Redewendung von einer «verfuhrwerkten Lage» vermag nicht einmal ihre Sprecher zu genieren, sie ist ja eine so ländlich-landwirtschaftlich heitere und idyllische und jedenfalls vollkommen fehlerverzeihend.

Seit dem 19. Jahrhundert lebt die Welt im Zeitalter der Industrie, des Verkehrs und der Kommunikation: Alle drei ihrem Wesen nach Vorgänge, die auf Grenzüberschreitung und Verallgemeinerung angelegt sind. Die Schweiz wurde in diese Strömungen nicht etwa bloss hineingerissen, sondern sie tut hierbei von Anfang an mit, geradezu führend, ohne je den Schluss daraus zu ziehen, welche Konsequenzen dies für ihren Lebensplan hat. Möglich wurde diese Doppelfüssigkeit wiederum dadurch, dass die Schweiz sich «nur» den praktikablen Teil, den Werk- und Apparateteil, sodann den Verpackungs-, Verschickungs- und (dies ganz besonders) Versicherungsteil dieser Sache vorgenommen hat, auf den sie sich atavistisch-heimatlich versteht, und ansonsten unter dem Namen Hase von nichts weiss: Sie baut seit Generationen Lokomotiven, Schiffsmotoren und heute High-Tech-Autos, schickt ihre Ingenieure in alle Welt, um Werke von gewaltigem Ausmass zu errichten wie heute das grösste Staudammprojekt der Welt in China, wobei sie letztlich die Rolle des wissenden Handlangers erfüllt: sie ist immer für Betriebs- und Funktionssetzung zuständig, nie für Wesen und Wirkung dieser Sache; sie arbeitet rüstig an endlosen Horizonterweiterungen der gesamtmenschheitlichen Aktivität, die sie gleichzeitig für sich zu Hause «um alles in der Welt» ausschliesst. Mit solcher Schizophrenie konnte man generationenlang über die Runden kommen, nämlich solange aus weltpolitischen Gründen die Dinge des Auslands und jene des eigenen Landes sich auseinander halten liessen; heute hat sich das geändert, der globale Riese pocht nicht etwa in klassischem Ungestüm an unser Pförtchen, sondern lungert unkontrollierbar herein und reisst Polsterfüllung aus dem nationalen Sofa. Der «Finanzplatz Zürich» etwa, der ja nicht in einem Bergtal als Nebengrösse, sondern an respektabler Stelle als eine Hauptgrösse des nationalen Wohlstandes liegt, kann nun über Nacht blitzschnell ausgehebelt werden, nicht weil ihm von aussen her sichtbarlich und von langer Hand geplant jemand ein Leides tun wollte, sondern weil er an seiner eigenen Wahrheit innerlich plötzlich kollabieren kann. Denn die Handels- und Bankleute von Zürich leben seit Generationen in ihrem Trachten und Sinnen, mit dem grössten Teil ihrer Lebensenergie ausserhalb des Landes, wo sie die Märkte bedienen, mehren und erobern. Es braucht nur dahin zu kommen, wie es jetzt kommt, dass sich ein mächtiger Verbund anderer Staaten eine neue Geldwährung schafft, alsdann kann dem Finanzplatz zu Zürich plötzlich der Sauerstoff ausgehen, und davon wird die ganze Nation tief kopfschüttelnd überrascht sein, nicht aber die drinnen in den Etagen, die lauern schon lange vorwärts ins Dunkel, prüfen die Möglichkeit, ob sich der Franken als Sicherheitswährung installieren lässt in einer Welt, in der alles «drunter und drüber» geht, und da diese Hoffnung eitel ist, bearbeiten sie hinter den Kulissen in fieberhafter Eile und doch versierter Professionalität ihre Mandatsträger im Parlament, den Bundesrat und seine Stäbe dahingehend, Bern solle doch dem Volk klarmachen, dass es ohne Brüssel keinen Weg mehr gebe – dabei wird man aber gehemmt durch die vage Besinnung darauf, dass es bei uns ja doch das Volk ist, von dem der Wille ausgeht, und weil man dessen Verdikt fürchtet, wird nun die Botschaft durch Verpackung so relativiert, dass das Volk nicht vernimmt, wie die Lage ist. Kein Grund zur Beunruhigung hier: Es wird allen geholfen werden, man lässt es auf Verschlimmerung ankommen und braucht das nicht einmal strategisch zu tun, es läuft von allein infolge der Macht der «Verhältnisse» – auch Republiken haben dann und wann ihre Monarchen, es darf nur nicht eine Person sein –, und binnen absehbarer Zeit wird man sehen, was für eine bewegliche Sache doch der Wille des Volkes ist: sobald das tüchtige und fleissige Schweizer Volk merkt, dass es wirtschaftliche Nachteile erleidet, beim ersten wirklich markanten Fall, wird es im Europa-Lager stehen, man wird nicht einmal eine Überlaufbewegung sehen, alles wird Richtung Brüssel rennen, und zwar ganz mit der Miene eines reiflich erwogenen Entscheides, Kommentatoren und Redaktoren rennen hinterher, die Herren von der NZZ mit ihren Brillen und hohen Stirnglatzen werden in aller Ruhe ihre abgeklärten Texte schreiben, und die Krönung wird sein, dass es darin heissen wird: «Im Grunde haben wir das immer gewusst.» Und gerade das wird die Wahrheit sein. Denn es steht geschrieben, und zwar bei Friedrich Dürrenmatt: Die Schweiz gleicht einem Gefängnis, in dem die Gefangenen ihre eigenen Wärter sind.

Zwei Gesichtspunkte an dem, was ich nun dargelegt habe, bedürfen der Nachlese und eines konkreteren Blicks auf Zustand und Lage der gegenwärtigen Schweiz, wie sie vor aller Augen liegt.

Ich sprach bei der hierzulande üblichen Auffassung von der Staatlichkeit von einem Herunterholen, von einem Absenken auf die Ebene der Bürger, von einer in der Sache verfehlten Gleichsetzung von Bürger und Staat. Hier erhebt sich ganz sachlich für die Schweiz eine grundsätzliche Frage, die ich selber nicht zu entscheiden vermag, aber immerhin formulieren und in ihrer Tragweite hervorheben möchte. Die Frage nämlich, ob das Ideal der direkten Demokratie sich angesichts der Ansprüche von Staatlichkeit – jeder Staatlichkeit – überhaupt aufrechterhalten lässt. Ob denn, bildlich gesprochen, ein Fahrzeug, bei dem der Motor nicht über ein Getriebe samt Triebachsen auf das Radwerk und damit auf die Karosserie einwirkt, sondern irgendwie mit den Rädern zusammenfällt, überhaupt betriebstauglich ist. Es ist ja unzweifelhaft, dass im Begriff der direkten Demokratie ein Element fortgesetzter Steigerung liegt, die nur davon abhängt, wie direkt das Wort direkt verstanden wird. Dies nun liegt letztlich nur in der natürlichen Vernünftigkeit ihrer Bürger, nicht etwa in der verfassten Strukturalität von Staatlichkeit, denn genau diese vermag gegen diese Begriffserweiterung nichts, da ja im Direktheitsanspruch das heimliche Verlangen liegt, sich vom Körperhaften des Staates möglichst zu lösen. Nun wird meine sachlich und grundsätzlich gestellte Frage von den Schweizern sofort mit eifrigem Kopfnicken beantwortet werden, des Sinnes von «Aber selbstverständlich! Dafür sind wir Schweizer ja der Beweis», aber man antwortet hierin zu schnell. An der offenkundigen Stabilität des nun 150 Jahre bestehenden schweizerischen Bundesstaates ist ja ein mächtiger Stabilisierungsfaktor beteiligt, ein dialektischer Partner sozusagen, der bezeichnenderweise unterschlagen wird, nämlich die andern Staaten, das Ausland. So wie jede Staatlichkeit dem Leben eines Volkes ein Neues und Anderes hinzufügt, so ist sie nicht denkbar ohne den Bezug zu anderen Staaten, mit deren Vergleichung sie nicht nur ins Leben tritt, sondern in deren Konzert sie mit dem eigenen Instrument Platz nimmt, auch dann, sollte dieses Instrument sich lieber eine kleine Kammermusik wünschen. Dieser Bezug ist zwingend ein wechselseitiger, und eine etwa von der einen Seite aufgestellte Einbahntafel wäre von der andern her betrachtet blind. Nun hat der direktdemokratische Bundesstaat seit 1848 oder 1874 hundert Jahre lang stabil bestanden, weil eben die Verhältnisse des politisch-staatlichen Lebens im Ausland denjenigen in der Schweiz scharf entgegengesetzt waren und durch die Physik dieses Kontrastes den schweizerischen Lebensplan bestätigt, oder zutreffender gesagt: *ins Recht gesetzt haben.* Dieser Tatsache spricht etwa der emeritierte Staatsrechtslehrer Dietrich Schindler sogar die Bedeutung eines Fundaments des Schweizer Staates zu; er nennt sie die «Antithese», aus der heraus der Schweizer Staat lebe, und meint dabei: Antithese zum europäischen Umfeld. Diese sei mit der Heraufkunft eines friedlichen Zusammenschlusses der ehedem gewohnterweise Krieg führenden europäischen Staaten, die sich nun allesamt zu Demokratien gewandelt hätten, weggefallen: Eine Lage, worauf die Schweiz nicht vorbereitet sei. Das, wozu nach Schindlers Worten die Schweiz eine Antithese gebildet hat, heisst hier in meinem Buch seit den ersten Seiten «das volle mögliche Leben», und gegen dessen jetzige Regung in unserem Umfeld vermag die Schweiz mit ihrer gewohnten Auffassungsweise von bösen «fremden Händeln» nichts, da ihr für ihre Maxime des Rückzugs und der Abstinenz nun das Widerlager fehlt. Auch wenn der Fall, wie er jetzt eingetreten ist, nämlich dass der Kontinent Europa der Schweiz den Kontrast verweigert, in der Geschichte der Eidgenossenschaft wohl zum ersten Mal eingetreten ist, handelt es sich nicht um einen Sonderfall, sondern eben um eine Äusserung des vollen möglichen Lebens neben anderen möglichen, von denen das frühere Europa eine in der Gestalt des jahrhundertelangen Bellizismus und der monarchischen Willkür hervorbrachte. All das bedeutet, dass die Schweiz, wenn sie in patriotischem Eifer die Beständigkeit ihrer direkten Demokratie bejaht, sich die Frage nicht unter ihrer vollen Bedingung gestellt hat, die da lautet: Es gibt keinen Raum ausserhalb der Räume, und es gibt kein Leben ausserhalb des vollen.

Nicht die Propagierung eines assoziierten oder vollen Beitritts der Schweiz zur EU ist hier das Thema, ich beharre bloss, angesichts dieses Traktandums, auf der Relativität unserer Erfahrung mit der direkten Demokratie, auch wenn sie vier oder fünf Generationen lang unsere Wegstrecke bestimmt hat. Praktiziert haben wir sie unter den Bedingungen der Reserve von Rückzug und Abstinenz, und bewähren müsste sie sich unter der Bedingung, dass der Staat Gegen-Stand des Lebens in ihm ist und nicht jene rezessive Grösse ist, wie man sie ihm in der Schweiz belassen hat. Nur als Gegen-Stand vermag sich der Staat von der Befindlichkeitslogik seiner Bürger zu unterscheiden und sich mit den anderen Staaten unter der Voraussetzung eines Konzerts ins Einvernehmen zu setzen.

All dies bedeutet noch nicht, dass der direktdemokratische Weg als unmöglich erwiesen ist. Um diese Frage zu entscheiden, bedürfte es genauerer und umfassender Kenntnisse des Staats- und auch des Verwaltungsrechts als ich sie besitze, denn der Nachweis ihrer

Funktionstauglichkeit setzt bei dieser Staatsform eine genauere und diffizilere Beobachtung des Zusammenspiels der Kräfte voraus. Dabei darf, versteht sich, der Qualifizierungsanspruch aber in keiner Weise unterschlagen werden, der in der Staatlichkeit als solcher, in ihrem Strukturwesen, liegt; dieser ist vielmehr prioritär. Nun wäre es denn an den Fachleuten der genannten Sparten, über diese Fragen Vortrag zu halten. Darauf kann man aber in der Schweiz lange warten. Unsere Staats- und Verfassungsrechtler schweigen. Der möglichen Gründe sind viele, und deren wichtigste ruhen gerade in jenen Gangbarkeitsfragen unseres Staates verkapselt, denen ja die Offenlegung gelten soll. Abgesehen von der überlieferten Kathederfrömmigkeit der Fachwissenschaft und der Abneigung, ins tagespolitische Gerede zu kommen, wird für das Schweigen der Fachleute eine gewisse wohlbegründete Voraussicht der Folgeschwierigkeiten ausschlaggebend sein. Würden sie grundsätzliche Bedenken gegen die Gangbarkeit der direkten Demokratie anmelden, würden sie entweder auf taube Ohren stossen oder, was ebenso fatal wäre, einem Diskussionsgeschnatter Hand bieten, bei dem alle und niemand Recht hätte und alles so bliebe wie es ist. Aber noch heilloser muss ihnen eine andere Schwierigkeit erscheinen, die ihnen nun aus fachlichen Gründen wohlvertraut ist: eine demokratietheoretische Aporie nämlich, die man auch als «algerisches Problem» bezeichnen könnte. Käme nämlich in der Schweiz als Folge staatsrechtlicher Bedenken der Wunsch auf, zur indirekten repräsentativen Demokratie überzugehen, so wäre dies ja von einem direktdemokratischen Entscheid abhängig, was einer Quadratur des Kreises gleichkäme. Der Souverän müsste auf souveräne Weise diese seine eigene Souveränität einschränken. Es erweist sich hierin, dass die tieferen Statutenfragen der direkten Demokratie nicht einmal gestellt werden können. Diese Ahnung einer unsichtbaren Mauer vor ihnen haben die Schweizer auf unnachahmliche Weise im Halbbewusstsein, sie gelten sie ab mit der eigentümlichen Sitte der Feierabendbeichte ihrer Offizialpersonen. Nur wer pensioniert ist, mag hierzulande die Wahrheit sagen und darf es dann auch – das gilt auch für den oben zitierten angesehenen Rechtslehrer mit seinem Wort von der «Antithese». Professoren, wenn emeritiert, Spitzenbeamte, wenn zurückgetreten, und Bundesräte, wenn abgedankt, lassen sich von den grösseren Zeitungen, die hierin über den Durst der Leser nach Wahrheit bemerkenswert gut Bescheid wissen, gern in die Gazetten bitten: alsdann lassen sie einiges von der Unterwäsche des Staatskleides sichtbar werden, was man schon lange geahnt hat, und revanchieren sich nebenbei auch mehr oder weniger diplomatisch gegenüber Ungenannt für in der Amtszeit erlittene Unbill – all dies mit jenem Seniorenlächeln oder auch nachtwächterischem Gebrumm, das unter den Worten «Gut' Nacht allerseits! Ich bin nun alt und schliesse die Läden. Sollen nun die Jüngeren ...» steht. Worauf die lesende Nation wie aus einem Mund halb staunend halb befriedigt murmelt: «Dä häts wider emal gseit.» Und was die als Hoffnungsträger aufgerufenen Jungen betrifft, so dürfen sie ihrerseits auf ihre Stunde nach der Pensionierung warten. So bleibt denn diese Basisfrage unserer Staatshausordnung unerkannt und unerledigt liegen.

Viel gravierender und heute nun immermehr zum aktuellen Ausdruck drängend ist das Faktum der Kopflosigkeit des schweizerischen Gesellschaftskörpers. In der Tat ist in diesem Land keine Führung vorhanden. Die offiziöse und magistrale Intelligenz, die diese Aufgabe wahrzunehmen hätte, hält sich mit ihrem Plebejismus wie in einem Fauteuil ohne Armlehnen am Volk fest. Nun wird man ja bei uns schon das Anliegen von Führung als einen Fremdkörper verwerfen, als etwas, was mit der direkten Demokratie unvereinbar sei: Hier herrsche eben das Volk, dem Führung zuwider sei. Das ist ein tief verwurzelter Glaubenssatz in der Schweiz, doch siehe da: Er ist falsch.

Das liegt nun in unseren Tagen schlagend vor aller Augen. Es ist hier der Moment, einen Abschnitt lang von Christoph Blocher zu reden, Bruder des Autors. Gleichviel, ob man Gegner oder Anhänger seines politischen Weges ist: Das Phänomen ist da, noch nie ist ein Einzelner in diesem Land mit solchem Erfolg gegen die Doktrin der unnötigen Führung angetreten. Auch Alfred Escher im 19. Jahrhundert nicht, der in unserem Geschichtsbild als Halbmonarch verfemt und damit in Bann getan ist, obschon er dem Land die Gotthardbahn und die Schweizerische Kreditanstalt geschenkt hat, welche beide doch, nicht wahr, keiner der heutigen Schweizer missen möchte. Franz Blankart, in seiner Person grossbürgerlicher Humanist von seigneuralem Zuschnitt und als solcher von den Schweizern wie ein

Exot bestaunt, hat von diesem Christoph Blocher, dessen Anhänger er nicht ist, gesagt, er sei nicht bloss «der achte Bundesrat» (von dem es mehrere Vertreter gebe), er sei der Gegenbundesrat überhaupt. Sprach es, versteht sich, in einer Seniorenrede als abgetretener Direktor des Bundesamtes für Aussenwirtschaft und gab damit gleichzeitig seinem früheren Chef, einem der sieben, eine Kopfnuss, ohne ihn zu nennen, durch welch rhetorisches Kleinkunststück er sehr zum Staunen der Landeskinder die Wahrheit seiner Aussage sozusagen dingfest machte. Populist Blocher hat bewiesen, dass hierzulande ein Einzelner allerdings in der Lage ist, sich beträchtlich hervorzutun, sofern er dabei das Interesse des Volkes im Auge hat. Wenn hier seine Gegner argumentieren, das sei kein verlässlicher Leistungsnachweis, weil nämlich Christoph Blocher sich als Demagoge aufspiele, so haben sie dafür allerdings gute und ernste Gründe, man mag ihnen gut und gerne zuerkennen, Recht zu haben – nur nützt das nichts, und es nützt nichts, weil es als Argument *den bewegenden Grund der Sache* gar nicht trifft. Viel wichtiger als die Frage, was denn Blocher hier eigentlich mache und worauf es hinauslaufe, ist ja jene andere, wie es denn möglich ist, dass einer, der den Kopf so regelwidrig hoch trägt, in der Schweiz dahin gelangen kann, Bundesrat und Parlament derart wirksam Paroli zu bieten. Der letzte Grund dafür liegt in einer nie untersuchten Unstimmigkeit, mit der die direkte Demokratie als Dogma arbeitet, nämlich ihrer Losung «durch den Willen des Volkes». Sehr gut, wenn alles durch den Willen des Volkes geschieht – fragt sich nur, wie und inwieweit sich dieser Wille des Volkes denn zu äussern vermag. Ob denn das, was das Volk will, von ihm auch gewusst wird, von ihm bewusst ausgedrückt werden kann. Die Lehre vom Ausdruck des eigenen freien Willens krankt ja daran, dass kein Mensch seinen eigenen Willen kennt, geschweige denn ihn auszudrücken vermag, dazu müsste er gleichsam einen Kopf über dem Kopf tragen, sich selber Aufsichtsperson sein und damit Übermensch. Alle Demokratien arbeiten mit dieser dem Postulat der Aufklärung entstammenden rationalistischen Verkürzung des Willensbegriffs, und es ist gegen sie und gegen das Äusserungskriterium der Urnenabstimmung keineswegs etwas einzuwenden, weil darin eine gesellschaftliche Regelung getroffen wird, die über eine bloss individuelle Anthropologie hinausgeht; aber einer gewissen schiefen Willkür dieses Voluntarismus müssen sich demokratische Gesellschaften stets bewusst bleiben und können daher ohne eine inhärente Führung nicht bestehen, welche in der laizistischen Republik von der Intelligenz des Landes und dem magistralen Personal auszugehen hat. Die Schweiz glaubt wegen ihrer Gleichung Staat = Volk diese Führung nicht nötig zu haben, dabei ist die genannte Unschärferelation umso grösser, je direkter die Demokratie ist. Wie ein Esel steht hier angesichts Christoph Blochers die Schweiz wiederum am Berg. Bei den meisten Sachfragen steht heute bereits die Hälfte zumindest der deutschschweizerischen Bevölkerung hinter ihm, weil das Volk eben nach Richtungweisung verlangt, auch dann, wenn es, würde es nach diesem Wunsch in einem grundsätzlichen Plebiszit befragt, vielleicht Nein sagen würde. Das besagt alles nichts. Beim Volk heisst «durch das Volk» immer auch «für das Volk», Volk lässt nicht zu, dass hier etwas auseinander dividiert wird, was zusammengehört. Anders gesprochen: Der Wille, den das Volk äussert, ist nicht zum vornherein identisch mit dem, was es als in seinem Interesse liegend betrachtet – keine verfasste Staatlichkeit kann dieses Dilemma wohl lösen, besonders aber jene nicht, die es besonders gut zu lösen meint, nämlich unsere, bei der die Staatsorgane und deren Personal im Volk *aufzugehen* behaupten, während sie doch nur in ihm *schwimmen*. Blankart sagt: «Herr Blocher kann zur Frau und zum Mann von der Strasse reden, aussprechend, was diese ahnen, ohne es formulieren zu können.» Was diese ahnen! Genau das trifft ins Schwarze. Volk weiss nicht, Volk ahnt; während dagegen unsere Offiziösen, die es zu wissen hätten, es weder ahnen noch wissen. Die Schweiz mag zusehen, wie sie dem Zugriff des Volkstribuns entkommt: die Wahrheit ist, dass sie kein Mittel dagegen in der Hand hat. Sie selbst hat durch ihren fehlenden Strukturwillen längst das Vakuum bereitgestellt, in dem ein Einzelner paradoxerweise das zu verrichten unternimmt, was allein aus der richtigen Verfasstheit der Republik heraus zu geschehen hätte. Die im Staat und seinen Institutionen tätige Intelligenz haftet dafür, sollte Blochers Weg die Schweiz ins Abseits führen, wovon ich insofern überzeugt bin, als der forcierte Helvetismus meines Bruders natürlich das hier debattierte Schweiz-Problem nicht löst, sondern erneut verknotet.

Auch die freie Intelligenz der literarisch-kritischen Opposition ist durch ihre Resonanz und die Prominenz ihrer Wortführer Teil der offiziellen Schweiz geworden, in diesem Fall nun mit dem Prädikat der Gegenstimme. In den Neunzigerjahren irgendwie abgeflaut, hat diese Bewegung über gut dreissig Jahre dadurch, dass sie sich das eigene Land zum Anstoss machte, ein eigentliches Schweiz-Problem formiert, formuliert und ins Bewusstsein gerufen. Dabei freilich auch das kritische Nachdenken über die Schweiz insgesamt weitgehend besetzt und in ihr Geleise gezwungen. Ich nenne diesen Zweig der Intelligenz nach ihren bekanntesten Autoren die Frisch-Muschg-Bichsel-Achse, drücke damit den Charakter einer vektorartigen Stossrichtung und auch etwas Staffettenartiges aus, das in meiner Sicht diese Bewegung an sich hat. Es handelt sich bei ihr um einen frontalen Angriff auf das, was ich hier die Schrattenfluh genannt habe, Sinnbild der schweizerischen Lebensverstocktheit. Diese Opposition hat im Salon Schweiz zur Bildung eines Gegensalons geführt, eines Standlagers der Unzufriedenheit mit den Landesverhältnissen, wo sich ein beträchtlicher Teil namentlich der publizistischen Intelligenz einfinden konnte. Die Frage ist, ob sie der Lage und Aufgabe einer führenden Intelligenz, wie sie Thema dieses Kapitels ist, ein Neues und Anderes hinzugefügt hat, sodann, ob ihr Angriff auf die Schrattenfluh nicht bloss frontal, sondern auch fundamental war, das heisst, ob sie das Kernproblem des Schweizerischen getroffen hat.

Wie es meine Sätze in ihrem Unterton schon anzeigen, möchte ich beides bezweifeln. Im Grunde haben diese drei Autoren der bestehenden Schweiz im Wesentlichen eine überhöhte, gewissermassen hypostasierte Schweiz entgegengesetzt, ohne die tieferen Mentalitätsverhältnisse der wirklichen und gegebenen Schweiz in den Blick zu nehmen und dabei dann an einem Lebensplan der Schweizer insgesamt Anstoss zu nehmen. Als eminent politisch ausgerichtete Schriftsteller waren und sind sie wie ihre Gegner, die die Schweiz affirmativ hochhalten, vor allem auf das Staatliche und seinen genossenschaftlich-gesellschaftlichen Vorbau als erster Schau- und Leistungsseite des Schweizerischen fixiert. Sie waren und sind nicht bloss Anhänger der Republik (wie die Übrigen), sondern Proselyten ihrer Überhöhung als einer nicht nur gemeinschaftsethischen, sondern auch geistig-kulturellen, überhaupt allumfassenden Daseinsform, daher schwören sie wie Achtundvierziger auf die Konstitution wie auf eine Entelechie, nennen sich emphatisch «Verfassungspatrioten», womit sie zu erkennen geben, dass sie sich vom Organismus Land und Volk entfernen. Verfassungspatriotismus ist eine sehr künstlich-verblasene Wortschöpfung und obendrein eine merklich narzisstische, mit der Intellektualisten vorgeben, eine erhöhte Zugehörigkeit zu Land und Volk zu besitzen. Patriotismus – falls dieser überhaupt das erste Mass einer Staatsverbundenheit ist – bezieht sich immer auf Land und Leute, nicht auf einen Text (kein Mensch hat je einen andern auf Grund seines Skeletts geliebt). Geschaffen wurde hier im Grund das Bild einer abstrakten Schweiz, wie sie sein sollte, auf deren Fahne das rote Feld prangender, das weisse Kreuz leuchtender sein sollte, aber genau gegen diesen Blick hegt nun die Mehrheit der Schweizer ihre in diesem Fall begründete Reserve, sind sie doch kundig im Verwirklichen und Praktizieren von Entwürfen jedweder Art und versiert in der Abweisung von ideenbestimmten Projekten, besonders dort, wo man ihnen durch Übernahme des Eigenen eine Tür einrennen will, die ja schon offensteht.

Entwürfe, Projekte. Max Frisch als der Kraftquell und Ausgangspunkt dieser oppositionellen Achse ist bei seinem Angriff auf die real existierende Schweiz von einem *demiurgischen* Element getrieben: dem Anspruch, Mensch, Gemeinschaft und Staat unter dem Siegel eines aufgeklärten Republikanismus, gestützt auf die seinerzeitige Schubkraft eines Lebensgefühls der Hochmoderne, zu entwerfen, zu skizzieren, zu planen und somit recht eigentlich als Schöpfer aufzutreten. Aber wenn jemals überhaupt ein Staat ein Projekt nach der architektonischen Urheberschaft eines Einzelnen gewesen ist, so doch niemals eine Demokratie, bei der, enger oder weiter verstanden, immer der Wille des Volkes entscheidet. Dem Gedanken vom Projektcharakter von Staat und Gesellschaft nach Leitvorgabe und Zuschnitt ihrer Intellektuellen hat Max Frisch und haben auch seine prominenten Jünger eigensinnig angehangen. Besonders Frisch hat zwar dank seiner rastlosen intellektuellen Neugier und dem forschen Willen, kein Apriori zu dulden – wofür der oft wiederholte Schöpfungsvorsatz «Ich stelle mir vor» in «Mein Name sei Gantenbein» bürgt –, allen, die mit und nach ihm oder auch gegen ihn über die Schweiz nachdenken, die Augen geöffnet für eine Vielzahl von Ent-Deckungen, er hat der helvetischen Kompromiss- und Verschleierungspraxis die Hörner gezeigt, aber er hat gerade durch seinen luftig-bläulichen Anspruch einer prometheisch-modernen Entwerfungsethik die Schweizer in den Stand gesetzt, Regress zu nehmen auf ihre solide Erfahrung, der Staat sei am besten gegründet, wenn er auf dem Boden stehe.

In einem bisher (1999) unveröffentlichten Text aus dem «Tagebuch 1966–1971» führt Max Frisch ein Selbstgespräch zwischen zwei widerstreitenden Teilen seines Ichs, einem Ego und einem Alter Ego. Thema ist einerseits das Unbehagen an der Schweiz, andererseits – und dies noch stärker – das Unbehagen an diesem Unbehagen; daher die Aufteilung der Person und die Form des Dialogs, wodurch der quälende Zweifel am Land wie auch an seinem Bedenker teils beschwichtigt, teils beglaubigt werden soll. Durch den in die Blösse gerücken Zweifel an sich selbst versucht Max Frisch vor sich und dem Leser eine erhöhte Wahrhaftigkeit zu gewinnen, jene mit merkwürdigem Schlichtheitspathos gemeinhin als «Redlichkeit» bezeichnete besondere Tugend des Intellektuellen. Das kann aber nicht gelingen, da nun aus dem Individuum zwei Dividuen entstehen, die einander bloss ihre geschwächte Potenz ausleihen. Der demiurgische Appetit, der zwingend nach radikaler Umsicht trachtet, kann nicht umhin, die eigene Person ebenfalls diesem Bedacht zu unterziehen, wodurch die Instanz eines integral urteilenden Ich nebelhaft wird. Es ist klar, dass dies mit einem zentralen Aspekt des Frisch'schen Werks zusammenhängt, mit der Identitätsproblematik – «Stiller ist nicht Stiller» –, in der ein Keil in den ungeteilten Bestand des Subjekts getrieben werden soll, um so eine neue Souveränität zu gewinnen.

In dem Gespräch nun, in dem es Max Frisch nicht für nötig erachtet, die Sprecher wenigstens im Kürzel zu unterscheiden – beide nennen sich X., gerade X!, wo doch eine Gleichung mit zwei Unbekannten sich nicht lösen lässt –, wird geklagt, dass die Schweizer sich «nicht als Nation erleben durch ein Projekt, durch Engagement an eine Zukunft... (Bei uns gibt es) keine Ideen, sondern Maximen. Sie intendieren keine Umgestaltung der Welt... die Schweiz als solche ist reaktionär.» Dazu sage ich: So what? Dem mag man zustimmen, oder auch nicht – in beiden Fällen ist man zuvor auf den Boden einer politischen Weltanschauung kommandiert worden, was an der vom Sprecher nicht bemerkten insinuatorischen Art seiner Rede liegt: «Umgestaltung der Welt», Fortschritt und Utopie gelten als unzweifelhafte Werte – dabei sind sie zunächst nichts anderes als das, was der Redner dem Land selber vorwirft: Maximen. An das tiefere Wesen von Staat und Nation, des eigenen wie eines anderen, kommt Max Frisch nicht entfernt heran: Er möchte Staats- und Nationsbewusstsein, unter Dazwischenschaltung des moderneren Begriffs der Gesellschaft, am Kriterium einer Mission verankert haben – barer Unsinn, ein Staat ist nie und niemals, zumal wenn demokratisch, an einer Utopie festzumachen, auch nicht an einer (von wem autorisierten?) «schöpferischen». Man könnte solches Denken, das auch den Jüngern Max Frischs eigen ist, eine Neuauflage von Hegels Etatismus nennen – versteht sich: in ganz anderer, ziemlich gegenteiliger Richtung –: Staat und Nation als *Sinneinheiten*. Dem widerspricht mit Fug und Recht die moderne Demokratie, die ja pluralistisch ist – gerade aus der Entdeckung, dass Sinnfragen gemeinschaftlich nicht lösbar sind, ist sie ja entstanden, und öfters sehen Völker in den höheren Sinnfragen eben keinen Sinn. Dem gleichen Irrtum oder Fehlschluss sind zwanzig Jahre nach Frischs Text verschiedene deutsche Intellektuelle und Schriftsteller erlegen, als sie nach dem Fall der Mauer wünschten, der zweite deutsche Staat solle erhalten bleiben, nur freilich in der Form des «demokratischen Sozialismus». Was aber ist dieser? Gar nichts, wofern das Volk nicht beschliesst, sozialistisch leben zu wollen. Und durch ihre «Abstimmung mit den Füssen» hatten die Ostdeutschen bereits bekundet, dies nicht zu wollen, und es tut dabei nichts, gar nichts zur Sache, mit dem Finger auf den bösen verführerischen Kapitalismus wie auf einen Spielverderber zu zeigen und zu lamentieren: Wenn der nicht gewesen wäre…

Max Frisch und Adolf Muschg sind ausgesprochen urbane, städtische Autoren. Sie schreiben in einer weltläufigen, die Aussenwelt und die Aussenluft der Schweiz nicht nur «einbeziehenden», sondern ausdrücklich aufsuchenden Sprache. Und gerade das zeichnet sie aus – sie waren frei von der dialektal hingemurmelten, ein gewisses verhocktes Hintersassentum ausdrückenden Prosa mancher ihrer Landeskollegen, durch welche sich diese einer besonderen autochthonen Ausdrucksverlässlichkeit zu vergewissern vorgaben und dadurch das von Frisch zu Recht kritisierte müde Etikett von «Schweizer Schriftstellern» bekräftigten. Jedoch, an der ruralen, kleinbäuerlichen und kleinbürgerlichen Schweiz haben Frisch und Muschg kein Interesse gehabt. Müssen sie auch nicht als Literaten, müssen sie allerdings als Landeskritiker. Die ländliche Schweiz war für sie wohl der Hort des «Reaktionären.» Im Grunde genommen, behaupte ich, haben sie sie verachtet. Die kleinen herbstlichen Jausen am heimischen Pfannenstiel ob Zürich in der Aura von gärenden Mostbirnen und blauer Septemberluft hat Frisch auf den Spuren Albin Zollingers wohl geliebt – aber doch mehrheitlich in der Attitüde eines städtischen Ausflüglers. Dass Muschg beim Wort Misthaufen die Nase rümpft, kann ich zwar nicht belegen, es liegt aber in und zwischen seinen Zeilen stets eine Art Berührungsabneigung gegen das Ländliche, wo natürlich auch Rohes, Ungeschlachtes, Derbes zu Hause ist, ohne es deswegen diskreditieren zu können. «Die Neutralität der Schweiz ist ein unanständiger Furz» – bei diesem von Muschg mit greller Wut öffentlich herausgeschleuderten Satz (er hat sich für ihn später entschuldigt) bin ich an einer Einzelheit hängengeblieben, am «unanständig». Wie, gibt es denn anständige Fürze? Das ist nun allerdings eine Kleinigkeit, aber in greller Wortumgebung kommt eine solche manchmal zu einem eigenen Gewicht. Frisch und Muschg sind, in meinen Augen, ausgesprochen sinnlichkeitsarme Autoren, alles dient der Skizze, der Gedankenbahn, bei Muschg dann der nicht enden wollenden molekularen Analyse, deren Unaufhörlichkeitscharakter vom Autor womöglich als Beeindruckungsgestus kalkuliert ist. Sie dienen im einschlägigen Sinn dem Prinzip Aufklärung. *Dabei tut aber gerade beim Gegenstand Schweiz nicht Aufklärung not, sondern Abklärung.* Man kommt dem Land Schweiz nicht bei, wenn man ihr Ländlich-Rurales nicht *gleichzeitig* mit dem Städtischen als dem (schwach vertretenen) Bezirk der Urbanität, Weltoffenheit und des Bildungsgebots in den Blick nimmt und dabei nach ihrer gegenseitigen Beziehung fragt.

Dem Ländlichen, Dörflichen einiges näher steht Peter Bichsel, der das Lokale (und das «Lokal») liebt, sich für den Nachbarn, Nebenmenschen, den beredten oder schweigend-sinnierenden, auch den Kauz interessiert. Bichsel ist der Metaphysiker des Herrn Jedermann, nicht im beliebigen Sinn von Hinz und Kunz, Müller und Meier, sondern des versteckt Bedrückten und Beladenen, der irgendwoher kommt und irgendwohin geht, und der «viel zu erzählen» hätte, aber gar nicht anfangen kann oder mag. Des hermetischen Menschen, dem der Autor von innen her zuneigt; daher sein Hang zur kleinen Prosa und zum minimalen Satzbau. Mit seinem Interesse für denjenigen, der den Mund nicht auftun will, sodann mit seiner auch biografisch gewachsenen Haltung, nur insoweit Lehrer zu sein, als gleichzeitig Schüler in der hintersten Bank, kommt Bichsel dem «Nationalschweizer» sehr entgegen, und es scheint mir kein Zufall, dass er bei den Schweizern, wiewohl auch ein «Oppositioneller», beliebter ist als Frisch und Muschg. Bichsel ist ein Stoiker, der den Boden des Stoischen sucht. Aber wie, wenn da gar keiner sein sollte?? Seine Bewunderer allerdings befinden: Hinter seinen

«Wandtafelsätzen» stehe das Enigmatische, das umso bedeutender sei, als das Verschwiegene, die Aussparung mehr aussage und reicher spreche als der Ausdruck, daher denn Bichsel mit Robert Walser vergleichbar sei. Ich sehe das nicht so, ich sehe es als Gefänglichkeit und als Leere. In deren «Hallraum» (wie die Literaturkritiker sagen und damit die Resonanz des nichtausgedrückten Textes meinen) übrigens ein Fluidum von pietistischem Harren steht, wie in Kapitel 3, Vers 7 der Klagelieder Jeremias: «Gott hat mich in harte Fesseln gelegt, dass ich nicht herauskann.» Nun aber doch nicht eine sakrale, sondern eine sehr schweizerische Gefänglichkeit, der Insasse wahrlich ein schaffender Sohn seines Landes: einer, der auf paradoxe Weise – durch Redenlassen des Stummwerdens – die Figur des Tautologischen formt. In der Tat: Jene gewissen Merksätze Bichsels, die einer allgemeineren Einsicht habhaft werden wollen, kommen näher als die Aufdeckungen eines Frisch und Muschg an jenes schweizerische Etwas heran, über das man schon immer im Dunkel gelassen wurde, und man kann beim Lesen manchmal fast «stigelisinnig» werden, wie der Autor in ihnen wie durch das Schlüsselloch einer Tür blickt, die er nicht auftun kann. So spricht er einmal bei den Schweizern – und er sagt es an der zitierten Stelle verärgert, klagend – vom «Konsens der Totaldemokraten, die glauben, dass man zu allem Ja oder Nein sagen könne». So so, sage ich da als Leser, na nu, ja allerdings! Ja *glauben* sie es nun bloss oder *ist* es nicht ganz einfach so, Herr Bichsel? – «Totaldemokraten», ausgerechnet dieses sein Wort in unser Ohr, von einem, der «total demokratisch» eingestellt ist! Man spürt hier, dass dem Autor eine Einsicht dämmern will, aber nicht kann. In verquaster Galligkeit bleibt er stehen und formuliert ganz unbewusst und doch geradezu sentenzenhaft unsere Lebensinschrift, aber verstehen will er sie nicht, denn er hat es sich irgendwie anders vorgestellt. Ja oder Nein – Wie, wenn hinter dieser ewig freiheitlichen Optionsofferte ein «Ja *und* Nein» stünde, beides gleich gültig und daher am Ende gleichgültig?? Das Leben als Kugel aus zwei Schalen, wie ein Blech-Ei zu Ostern. Genau daran kratzt Bichsel, aber er «checkt» es nicht: es ist der *Kleinblick*, der ihn hindert. Es stünde bei der hier fälligen Erkenntnis auch etwas auf dem Spiel, für Bichsel wie für die andern beiden von der «Achse»: das Evangelium vom republikanischen Demokratismus als einer den Menschen (angeblich) total einfassenden Lebens- und Daseinsformel.

Ja, und nun muss einmal etwas ausgesprochen werden, und zwar umso deutlicher, als ich womöglich der Erste bin, der dies hierzulande macht. Es beantwortet zugleich die erste der beiden aufgeworfenen Fragen, welche im Rahmen dieses Kapitels ja die vordringliche ist: Hat die literarisch-kritische Intelligenz an die Stelle der so augenscheinlichen Schwäche des schweizerischen offiziösen Personals ein Neues und Anderes, nämlich *Stärkeres* und *Besseres* gesetzt? Nein. Sie hat ihren Lesern im Land der Steine nicht Brot gereicht, sondern selber Steine. Sie hat auf geistig-literarischem Weg jenem gewissen Plebejismus, anstatt sich von ihm abzusetzen, gerade entsprochen, ihm jedenfalls in die Hände gearbeitet oder Vorschub geleistet, und bei Schriftstellern ist solches «jedenfalls» manchmal eine gesteigerte Entsprechung. Dadurch, dass sie ihren Gehalt auf den Boden eines eigensinnigen republikanischen Politismus abgestellt hat, der ja in unseren modernen Verhältnissen erstens eine Bewegung von unten her und zweitens eine gleichheitsliebende und darum gleichmacherische, nivellierende ist, demzufolge also, ob er auch noch so entschieden etwas Besseres wünscht, das Problem nicht lösen kann – es leider Gottes nicht einmal *sieht* – , wie dieses Bessere in die Köpfe hinauf, in die Persönlichkeit kommen soll – wie es bei ihm überhaupt zu *Köpfen* kommen soll, die nun einmal *oben* getragen werden. Hinauf mit euch, Ihr Herren Schriftsteller! Das Bodenpersonal ist zahlreich genug und dabei ziemlich unberaten, im Selbstgespräch kommt man ja nicht weiter. Und wenn man zu mehreren in die gleiche Badewanne steigt, fühlt man sich allerdings weniger einsam, aber klarer wird dabei das Wasser nicht. Ja, von Schriftstellern rede ich hier, nicht von Kantonsräten und Unterschriftensammlern, die sollen ruhig ihre Aufgaben machen, und lasst mir auch die ehrenwerten schweizerischen Abstimmungsurnen stehen, an denen liegt es nicht, nicht einmal an den ihnen aufgemalten Alpenrosen und Enzianen, die wohl treuherzig, aber im Ganzen unschuldig sind. Gegen den literarischen Weltschweizer Max Frisch erhebe ich den Vorwurf, dass er im Grunde ein philisterhafter Geist gewesen ist, dass er trotz grosser Gebärde geistige Kleinmünzerei betrieben hat, insbesondere mit seiner leidigen Identitätsfrage, die letzten Endes in Richtung einer Minimalisierung des Menschen geht und deren an ständiger Selbstproblematisierung gestylte Erkenntnisethik auf den kümmerlich-läppischen Gehalt des (von mir so nachgebildeten) Satzes «Ich wunderte mich, dass ich mich wunderte» hinausläuft. Wie merkwürdig – in dem zitierten Dialog Frischs mit sich selbst bricht «X.» einmal und nun allerdings höchst berechtigterweise in die Klage aus: «Ob Lehrer oder Landesplaner oder Bundesrat, die Hauptsache bleibt, dass (der Schweizer) mittelmässig ist, und ist er nicht Mittelmass, so hat er sich wenigstens wie Mittelmass zu verhalten. Das halten sie für demokratisch. Wo man vorgibt, dass alle das gleiche Recht haben, soll ja auch keiner Glanz haben.» – Oh ja, Herr Frisch, das sitzt!, möchte man als Leser ausrufen, und dann weiterfahren: Genau Sie und mit Ihnen Ihre Schüler haben dem nichts, gar nichts, entgegengesetzt, haben vielmehr diese Forderung unterlaufen, und das kommt, jetzt will ich deutlicher werden, von Ihrem Credo von der sozialen Demokratie, das da hinter allem erkennbar den Gefässboden Ihrer Schreibwelt abgibt. (Der *Schreibwelt*, sage ich, nicht der Parteiung als Bürger an der Urne, denn das sind denn doch zwei deutlich verschiedene Dinge.) Ist ja aber auch eine schöne und gute Sache, nicht wahr, dieser Ausblick auf den demokratisch-sozialen Menschen, so richtig etwas für alle, unbedingt vernünftig und einleuchtend, wer möchte sich denn für das Nichtdemokratische und Unsoziale warm machen?? Der grösste gemeinsame Nenner. Das kleinste gemeinschaftliche Vielfache. Nein, es kann kein Zufall sein, dass die hier kritisierten Autoren Schweizer sind, das alte Genossenschaftsdenken ist bei ihnen einfach modern überhöht, aufklärerisch prinzipialisiert, wenn man das so ausdrücken kann, und das war es zeitweilig sehr zum Entzücken der politischen Sozialdemokratie, aber nur kurzfristig, ist ja klar, die Politik tanzt nicht nach der Flöte von Literaten (und hierzu gebe ich noch oben drauf: recht hat sie ...), und wenn sich dann unsere Präzeptoren der Nation frustriert von ihr wieder abwandten, keine Ständeratskandidaturen (Muschg) mehr noch Brandreden auf dem Bundesplatz (Bichsel), dann «einfach so», nicht wahr, ohne Rechenschaft abzulegen, da fehlte dann der Wille zur Selbstkritik, versteht sich, der müsste ja dann über das Narzisstische hinauskommen.

Wo sind in unserem Land die guten Leute? Die «guten Leute» – das war in der römischen Republik des Altertums ein eigener Begriff, mit Messlattencharakter wohlverstanden, weil man wusste: ohne den würde das Gemeinwesen vor die Hunde gehen. Gibt es sie hierzulande einfach nicht? Zum Beispiel auch infolge der Kleinheit des Landes, die ja, ich will nicht einmal sagen für Auslese, sondern für Auswahl ein beschränktes Reservoir bildet und also ein Handicap hat? Doch doch, es gibt sie schon, man soll da nicht den Sack anstelle des Esels schlagen. Aber man sieht sie nicht, oder nicht so leicht, sie leben in diesem Lande eben – doppelsinnig gesagt – zerstreut. Und dem Gemeinwesen stehen sie nicht zur Verfügung – obwohl man auch nicht sagen kann, sie hätten sich von ihm abgewandt. Sie sind eben nicht nur gute, sondern auch brave Leute, sie gehen schön brav an die Urnen, haben aber keinerlei positives Zutrauen zum Staat, man hört sie hinter vorgehaltener

Hand flüstern, ihr Leben lang. Das sind sie oder das wären sie, die Guten. Sie lassen halb hilflos, halb eingeschüchtert das Establishment machen, wie es will. Sie ahnen schon, dass da ein gewisses Würstli-Kaliber der Massstab von allem ist, aber sie getrauen sich nicht, da weiter zu fragen, auch fürchten sie sich vor eigener Überheblichkeit, denn sie sind sehr, sehr bescheiden. Und ich bin nicht einmal sicher, ob ich das ironisch sage. Man sieht sie etwa bei Konzerten zur Pausenzeit in den Hallen stehen oder in Kunstausstellungen, Männer mit klugen, nachdenklichen Gesichtern und feingliedrigen Händen, auch ebensolche Frauen natürlich. Ja, solche habe ich schon oft aus der Ferne betrachtet, und es sind ihrer eigentlich gar nicht wenige, wenn man's sich recht überlegt, aber eben: abseits, im Séparée. Nicht den «Kulturkuchen» und die Snobs meine ich, die es dort auch und recht zahlreich gibt, sondern die Guten: gar keine Frage, man sieht es ihnen an, ich lasse mir das nicht ausreden. Ihr Wahlspruch, mit dem sie sich durchs Leben bringen und um dessentwillen sie sich so gerne zu Musik und Malerei an die Wärme begeben, lautet «Sursum corda!», zu deutsch: Hoch die Herzen! Aber den behalten sie für sich, denn sie haben gemerkt, dass das hierzulande tatsächlich ziemlich lateinisch klingt. Wie es denn bei uns in einem hübschen Volkslied heisst: «Säg Meiteli, säg Meiteli, wo häsch dänn du dis Härz?» – «I ha's am-en-Ort im Schwiizerland, es isch vo Holz und Stei.» Nein, das ist falsch zitiert, es heisst: «wo häsch dänn du dis Hei», es muss sich ja reimen.

Der schweizerische Lebensplan nach Ausweis von Kunst und Literatur der Schweiz

Eine Sache unter dem Ausdruck und nach Massgabe von Kunst zu betrachten, ist in analytischen Büchern oft das Pensum eines nachgelassenen Kapitels oder supplementartiger Bemerkungen. Man hofft dabei, dem zuvor Gesagten eine Abrundung zu geben und den Leser in eine etwas weicher gestimmte Nachdenklichkeit zu führen, mit der dann die Lektüre ihren Ausklang finden soll. Die Aussage ist dann etwa die, dass «auch die Kunst» dieses oder jenes, was im Hauptteil der Arbeit herausgestellt worden ist, zu belegen vermag. Stillschweigend gibt man damit der Kunst im intellektuellen Diskurs eine irgendwie dessertartige, allenfalls assistentenhafte, jedenfalls also sekundäre Bedeutung.

Mein Text und das hier in Angriff genommene Kapitel folgt diesem Verständnis nicht: Er sucht vielmehr hier seine nachdrücklichste Aussage zu gewinnen. In meiner Sicht zeigt sich in der Kunst nicht der letzte, sondern der erste Ausdruck, das wahre Gesicht der Verhältnisse; sie ist auch bei Betrachtung von Lebensäusserungen eines Volkes jenen intellektuellen Kategorien vorgeordnet, mit denen für gewöhnlich ein

Denker oder Essayist sich zu ihnen Zugang verschafft, auf sie Zugriff nimmt. Erst im Schaffen der Kunst, in der künstlerischen Produktivität gibt sich das Leben einer Nation ganze Rechenschaft von sich selbst. Worin durchaus eine forensische Bedeutung liegt: in der Kunst hält das Leben über sich Gericht. Darüber, was der schweizerische Lebensplan taugt, machen wir uns erst im Ausweis von Kunst und Literatur ganz kundig.

Solche Betrachtung stelle ich deswegen an den Anfang des Kapitels, weil im Allgemeinen, in der Schweiz aber im Besonderen das öffentliche Verständnis geneigt ist, die Kunst dem flächenhaft-unverbindlichen Begriff der Kultur zuzurechnen. Dadurch erlangt man die Sicht auf eine nützliche, einleuchtende, der Gemeinschaft zu Nutz und Frommen dienende Grösse, auf einen Sektor vernünftigen Zuschnitts, von dem die Zeitungen in den Wochenend-Feuilletonseiten unter der Überschrift «Wirtschaft, Gesellschaft und Kultur» in harmonisiertem Dreiklang reden können und wo sich im dritten Glied dann auch der Posten Kunst als ein sonst störrisch-regelloser unterbringen lässt. Stets schleicht sich dabei dem Leser das hässliche Wort «Kulturprozent» in die Gedanken oder sonst ein Element aus der angestrengt-nützlichen Denkweise der Förderung, hinter der am Horizont auch das Fiskalische auftaucht, insgesamt jedenfalls etwas, wodurch die Kunst national griffig gemacht, irgendwie eingebunden werden soll.

Aber Kunst ist etwas, was sich all dieser Bindungen entschlägt oder jedenfalls sich von deren Masssetzung rundum frei hält. Die Kunst ist nicht ein wertvoller Sektor menschlicher Aktivitäten eines Landes neben anderen, mit denen sie verglichen und in eine Rangreihenfolge gebracht werden könnte: sie ist mittendrin und für das Ganze massgebend, und zwar für alle: auch für die, die sich ihr nicht zuwenden, die sich mit ihr gar nie befassen. Kunst untersteht keinem Sektionschef, ihre Notwendigkeit wird vom menschlichen Leben selbst erhoben, vom ungezügelten und unverfassten Leben, und entfaltet sie sich in wohlverfassten Bereichen, was sie meistens tut, so misst sie diese mit vollem Recht an der Schau des immerwährend offenen Lebens als einer gleichsam offenen Wunde. Man muss gegenüber der Schweiz diese Wahrheiten mit der klirrend-federnden Hartnäckigkeit erschallen lassen, mit der sich der Schnabel eines Spechtes gegen das harte Holz wendet und den schweigenden Wald mit dem Zeichen erwachenden Lebens erfüllt.

Hartholz! Es ist wahr und ja schon oft gesagt worden, dass die Schweiz für die Kunsttätigkeit ein Holzboden ist, und damit müssen wir uns hier auseinandersetzen unter der Frage, was dies für die Aussichten des schweizerischen Lebensweges insgesamt bedeutet. Es hängt mit dem Lebensgrundriss des einfachen Volkes zusammen, mit seiner stoischen Reserve, dass man hierzulande nicht eigentlich «kunstfeindlich» eingestellt ist, sondern Kunst eben gar nicht nötig zu haben glaubt. Trockener und treffender gesagt: man glaubt dies nicht nur, sondern es ist auch so. Stoische Lebenspläne haben Kunst nicht nötig, Stoa steht im Leben über dem Leben, und auf den Planken eines solchen Doppeldeckers wächst die Kunst nicht. Ich spreche hier also weniger von einer fehlenden Resonanz für Kunst als von dem viel wichtigeren Punkt ihrer Hervorbringung, ihrer Möglichkeit.

Im Folgenden ist die Rede von der Schriftstellerei als Wortkunst, danach von der Malerei als sinnlicher Bildschaffungskunst.

Im Feld der Schriftstellerei muss man zunächst einmal bemerken, dass in der Schweiz das in Frage stehende Kunstmanko eigentlich gerade nicht besteht – dies im Gegensatz zur öffentlich vorherrschenden Verlautbarung von ihrer Seite selbst wie auch in scheinbarem Widerspruch zu meiner eigenen These. Es geht hier um seltsam verschachtelte und verwickelte Perspektiven, die letztlich mit fehlendem Abstand von der Sache und im Ganzen mit dem landeseigenen Phänomen des Kleinblicks zu tun haben, bei dem oft ziemlich gross erscheint, was klein ist, manchmal aber auch klein, was gross. Zeit meines Erwachsenenlebens, seit über dreissig Jahren ist mir als Schweizer von feuilletonkritischer Seite, von Redaktoren und Literaturpublizisten her die Klage im Ohr, der Schweiz mangle es an Schriftstellern von Rang und Namen – «ausser den zweien», heisst es da wie von einer Restgrösse, mit der für das letzte halbe Jahrhundert Frisch und Dürrenmatt gemeint sind –, oder sie würden nicht gelesen, gehört und rezipiert, oder die Schweiz «verscherze ihre Söhne», oder die Schweizer Autoren litten unter Stoffmangel. Man scheint hier wie auf einem leeren Teller mit dem Löffel hin und her zu kratzen. Alles in Ordnung – aber dass es wenige sind, trifft nicht zu. Fragt sich allerdings in vielsagender Parenthese, wie viele es denn sein müssten, dass die Schweiz an ihnen Genüge hätte! Wenn ich für die deutschsprachige Schweiz in der Zeit seit Gründung des Bundesstaates nur schon die vier einschlägig berühmten Namen Keller, Meyer, Frisch und Dürrenmatt nenne, die allesamt literarische Relevanz von übernationaler Geltung erlangt haben, so muss man festhalten, dass die Schweiz schon allein mit solchen vieren ein literarisch grosses Land ist. Gibt es vielleicht in Deutschland mit seiner fünfzehnmal grösseren Bevölkerung mehr als sechzig Schriftsteller von internationaler Geltung in den letzten hundertfünfzig Jahren? In einer kleinen Sprachgemeinschaft von vier bis fünf Millionen Leuten können es ja gar nicht viele sein. Wunderlich vielleicht diese Zahlenrechnerei von mir, bei der es nicht etwas aufzurechnen, sondern herabzurechnen gilt. Wie so oft bei statistischen Grössen entsteht von einer bestimmten Kleinzahl an abwärts der Eindruck, die Wenigkeit sei so gut wie Null. Sehr sprechend diese Dinge, im Fall der Schweiz. Denn mit diesem Kratzen auf dem leeren Teller hat es wohl doch in bestimmter Hinsicht seine Richtigkeit. Für die Vorstellung literarischer Potenz in einem Land wollen zwei Namen auf eine oder zwei Generationen offenbar nicht genügen. Literarisches Leben nimmt sein Mass nicht an der ständerätlichen Vertretungsgrösse zwei Personen pro Kanton und dergleichen; von solchen Zweibeinstelzen wird die Raumgrösse Literatur offensichtlich nicht getragen. Das heisst dann wohl, dass sich hier die äussere Kleinheit der Schweiz als Defizit auswirkt. Man sitzt in der Enge vor einem Orchester, bei dem auf der einen Seite eine Oboe spielt und auf der anderen eine Bratsche, und das will einem nicht recht gefallen, man hat von Orchester eine andere Vorstellung. Aber nun die Kleinheit der Schweiz einmal gesetzt, so gilt jedenfalls: das Land Schweiz ist an Schriftstellern von Format reichhaltig. Und das müssen wir nun in Beziehung setzen zu jenem Lebensentwurf, den ich hier stets im Auge habe und zu dem dieser Befund schlecht zu passen scheint.

Wenn ich den stoischen Lebensentwurf als eine Grundlage bezeichne, die für das Künstlerische kein Nährboden ist, dann stimmt das zur Hälfte, und zur Hälfte stimmt es nicht. Insofern nicht, als der stoische Selbstregulierungsakt, in welchem man das Leben in Griff zu nehmen versucht, vom vollen Leben her betrachtet einen Zwiespalt zeitigt oder, noch mehr als das, überhaupt ein Paradox darstellt. Das wiederum ist ein Nährgrund für Kunst, denn überall, wo etwas Paradoxes auftritt, hat sie Antrieb, sich geltend zu machen. In der Schweiz geht das nach zwei Richtungen. Entweder die Kunst entnimmt der stoischen Direktive ihren Zurüstungs- und Lebensverbesserungsgedanken und führt ihn höher, als es der gewöhnliche Lebensvollzug gestattet; dabei erhebt sie auch Mahnung und Kritik, sofern ihr jenes Prinzip verschlechtert, entleert oder zum Götzenbild geworden scheint, und stellt dann ein Korrektiv dagegen auf – dies immer unter der Wirkung des gleichen stoischen Impulses. Oder dann, die andere Richtung, sie verwirft diesen ganzen Lebensplan, setzt sich ab vom Gemeinschaftsideal, weil sie darin kein Heil findet, und sucht sich im Rückzug des Individuums auf sich selbst; in diesem Fall übt sie dann sozusagen Abstinenz gegenüber der grösseren Abstinenzdirektive des Landes, solchermassen die Abstinenz in die Bedingungslosigkeit führend, im Leben absolut setzend, was nur der Kunst möglich ist. Dieses zweite Verfahren ist unter den Grossen der Schweizer Literatur eher selten, ich nenne aber den einen Namen, der wohl hierhin gehört: Robert Walser. Dessen Verzicht-Minimalismus als Lebens-Grösse (Grösse nun als qualifizierendes Wort gemeint) wird von vielen deutschen Literaturexperten als spezifisch schweizerische Kunstäusserung gelesen; Robert Walser erscheint da als geistig genuiner und darin nun eben zugleich «grosser» Sohn der Schweiz. Der erste Weg dagegen ist breit begangen, und die Schweizer Schriftsteller haben sich auf ihm ziemlich fruchtbar hervorgetan. Gemeinsam ist ihnen allen, scheint mir, der Gedanke der Lebensverbesserung unter einem leiseren oder lauteren Element von Erziehung, es geht um sittliche Höherführung der Menschen, und zwar zumeist ganz auffällig als Gemeinschaftsideal, das landeseigene Staatstalent ist ein wichtiger und eminenter Bestandteil der Meliorationsbestrebung, ja ohne es überhaupt nicht zu denken; diese Autoren sind daher alle Republikaner und, bei aller Unterscheidung und heftiger Kritik an ihren Mitbürgern, ausgeprägte Patrioten. Die meisten grossen Namen finden sich hier, ich nenne insbesondere drei: Gottfried Keller, Meinrad Inglin, Max Frisch. Von der älteren Zeit gehört da natürlich auch hin Gotthelf, sodann zwei Autoren, die nicht eigentlich literarische Schriftsteller waren, Pestalozzi und Ulrich Bräker. Für das Kunstschaffen all dieser Autoren ist ein gemeinschaftliches Ethos auffällig wegleitend, überhaupt

Ethik als Lebensbewältigung, daher gehören Tadel und moralische Entrüstung zu ihrem Instrumentarium, das Leben wird stark unter dem Gesichtspunkt der rechten Verfasstheit und diese dann unter dem Gesichtspunkt des Gelingens gesehen, darum ist ihnen der Ton des Erzieherischen, ja der Predigt leicht zur Hand. Es ist, als ob alle Schweizer Dichter Protestanten wären, und die genannten bis auf Inglin waren es ja auch. Unabhängig davon aber, wie man als Leser zu den Werken dieser Schriftsteller stehen mag: in ihrer Textprosa wurden Aussagen von einer literarischen Bedeutung gemacht, die über den nationalen Bezirk hinausgeht, es handelt sich also bei ihren Hauptwerken um Weltliteratur, wobei mir bei diesem Wort nicht eine Rangbedeutung wichtig ist, sondern das, dass es hier um Aussagen von allgemein menschlicher Relevanz geht.

Von dem her aber, was Kunst allgemein zu sein und auszudrücken vermag, gilt es nun doch für die Schweizer Schriftkunst einen gewichtigen Einwand zu machen. Nicht eigentlich von Einseitigkeit muss bei ihr gesprochen werden, aber doch davon, dass sie sich ganz überwiegend in einer bestimmten Sparte des Menschlichen ansiedelt: in einem lebensreligiösen Humanismus des Ethischen, Gemeinschaftlichen, Sozialen, den ich zusammengefasst als Daseinsfrömmigkeit bezeichnen möchte und diese mit ihrem Hang zur Speicherung der Werte dann als fatalen Schritt zur *Einpökelung* des Lebens. Gegen das, worauf ich in diesem Buch den Finger lege, gegen den Gehäusecharakter des Schweizerischen, bietet die Schweizer Literatur keine Medizin. Fern davon, ihre Leser in diesem Charakter nur platt unterstützen zu wollen, nimmt sie doch an ihm nicht eigentlich Anstoss. Sie überhöht diesen Charakter vielmehr oder leistet jedenfalls einer Überhöhung Vorschub, oder, was noch fataler ist, sie lässt ihn als ein Substrat hiesiger Lebensverfasstheit auf sich beruhen, was dem Stoischen gerade recht sein kann. Das hat natürlich Folgen für die lesende Intelligenzia, die durch diese Literatur nicht ermutigt wird, sich vom volksstoischen Lebensentwurf wegzubewegen. *Auf die Nöte, die die Literatur mit der Solidität haben müsste, antwortet hier Solides, wodurch sich die Not dann zum Schweigen schickt.*

All das scheint nicht gut zu stimmen für Max Frisch, der das Gehäuse ja in vehementem Zorn durchbricht. Ja, durchbricht, aber nicht unterläuft. Bei ihm und jenen nach ihm in seiner offen bekundeten Tradition leben wir dann mit einem Bild der Gegen-Schweiz, «des Schweizers Schweiz» (Peter Bichsel), «Die andere Schweiz» (Otto F. Walter), in welcher die gleiche Schweiz durch Aufstellung einer alternativen Schweiz eine bessere Schweiz sein soll, die öfters auch als jene eigentliche Schweiz ausgegeben wird (so von Adolf Muschg), der die übrigen Schweizer angeblich schon immer angehören wollten. Ein forcierter Politismus macht sich bei ihnen anheischig, den republikanischen Sinn ihrer Landsleute, denen sie kritisch zu Leibe rücken, zu übertreffen und ins bessere Reine zu führen. Diese oppositionelle Gebärde, von der ich oben (S. 118–130) schon gesprochen habe, verbleibt aber weiterhin im Bann von Mahnung, Tadel und Predigt, und sie ist darüber hinaus, was vorher in diesem Mass nicht der Fall war, nun auf direkte Wirklichkeitsverbesserung aus: anstelle von Katheder und Kanzel tritt hier das Manifest und als dessen Vergewisserungsmittel das Engagement und die Solidarität. Dabei findet dann wohl eine gewisse Aushöhlung des Orthodoxen an der schweizerischen Lebensvereinbarung statt, auf dem Weg einer oppositionell gerichteten Durchrüttelung; doch ebenfalls ereignet sich, dass durch die Gegenbewegung das alte Prinzip stets von neuem ins Recht gesetzt wird: denn nichts kommt dem Schulterschlussreflex des Konkordanzprinzips mehr zupass als die Anfeindung. Kommt hinzu, dass diese meist nicht von einem prächtigen Zorn geleitet ist, was allemal eine vitale Sache wäre, sondern nur von Wut – Devise, mit der einmal Peter Bichsel die Schweizer aufrief («Jetzt nur die Wut nicht verlieren!», nach der Fichen-Affäre), aber Wut und dann noch als Devise ist doch wohl eine ziemlich befangene Angelegenheit. Die Seele macht da bloss ein wenig die Faust, gewissermassen im Hosensack. Über die schweizerische Gebundenheit kommt man im ganzen bei dieser Literatur nicht hinaus.

Zum offenen, strömenden Leben hat sich von unseren klassisch Grossen Conrad Ferdinand Meyer hingewandt; dass er neben seiner Prosa ein stattliches und anspruchsvolles Gedichtwerk geschaffen hat, scheint mir bezeichnend. Er suchte und fand es grösstenteils ausserhalb des schweizerischen Lebensbannes, im Grossen, Heldenhaften, Festlichen, Tragischen der Geschichte Italiens, Deutschlands, Frankreichs. Meyer ist als Daheimgebliebener ins Ausland aufgebrochen.

Beim Lesen seiner Gedichte ist mir stets ein Element des Forcierten, des Angestrengten aufgefallen, als müsse er bedeutenden Anlauf nehmen, um durchzukommen; seine Vorliebe für das Ausrufezeichen ist, als ob er etwas ihn Hemmendes überschreien müsse. Dies am Rand angemerkt zu einem Werk, in dem die Schubkraft eines Grossen arbeitet; freilich ist der erwähnte Eindruck ein ständiges Begleitelement der Lektüre. («Kein Meyer-Gedicht ohne verunglückte Zeile», sagt Peter von Matt: nimmt man «verunglückt» nicht rhetorisch, sondern wörtlich, dann ist durch den Satz die schöpferische Potenz Meyers noch nicht in Frage gestellt.) Karl Schmid hat in «Unbehagen im Kleinstaat» sich breit dazu geäussert und da die zwingende Kraft des Schweizer Lebenskreises wirken gesehen, den Meyer habe überspringen wollen. Gerade so sehe ich es auch. Schmid aber meint fatalerweise, den Kilchberger dafür tadeln zu müssen, und bei aller eingehender Betrachtung und Würdigung läuft seine Kritik doch auf den Satz hinaus: «Schuster, bleib bei deinem Schweizer Leisten», wenn nicht gar auf die Volksliedmahnung: «Wärisch du diheime blibe, hettisch du dis Schätzeli no». Als Apologet des Kleinstaatkosmos versucht Schmid, Meyer in den Schweizer Lebenskreis zurückzubannen, ohne sagen zu können, wie er sich dort hätte erlösen können. Übel vermerkt hat er dem Patrizierspross dessen aristokratisches Naserümpfen gegenüber dem republikanischen Sinnen und Trachten Gottfried Kellers. Aber mit einem «Schätzeli» wollte sich Meyer eben nicht zufrieden geben, er suchte den Schatz des Lebens und hat darin, dass er die schweizerische Lebenshemmung mitschleppen musste, einen hohen Preis bezahlen müssen. Sein Fall, auch wenn er weit zurückliegt, sein Werk einer nun fernen Zeit verpflichtet ist und er heute wohl wenig noch gelesen wird, bleibt als Merkzeichen stehen.

Ich gehe zur Malerei weiter, wo die Kunstarmut der Schweiz viel schlagender auf dem Tisch liegt, auch triftiger und schlüssiger ergründet werden kann als bei der Schriftstellerei. Die Schweizer Literatur hat sich mit dem Lebensstoizismus des Landes besser verbinden lassen; ich finde das einleuchtend insofern, als es sich ja um Wort- und Textkunst handelt, welche mit dem Kognitiven arbeitet, sie kann sich also leichter anlehnen an das Element des rundum Bedächtigen und Bedachten, welches im Stoischen steckt. Bei der direkten Bildschaffung der Malerei wird der Künstler auf ganz andere Weise gefordert. Hier wird alles unmittelbar vor die Augen gerückt, jedes vorordnende Bemühen verrät sich und überhaupt alles, was «zum Rechten sehen will». Im Bild gilt: Was ich gesehen habe, habe ich gesehen, wie ich es bedenke, ist eine nachträgliche Sache. Die Schweizer Malerei seit dem 19. Jahrhundert hat alles in allem nicht vermocht, die von ihr geschaffenen Bilder dem vollen Leben zu überantworten. Die Ausführung und zum Teil bereits die Wahl ihrer Sujets steckt entweder in den Zwängen einer bewussten oder unbewussten *Vereinbarung* über das Lebendige, anstatt diese durch die Kunst gerade überflüssig werden zu lassen, mithin in einem Korsett; oder sie verwechselt den Auftrag der Kunst mit Verschönerung, Überhöhung und Einfassung der Realität, ist mit dem platt und bar Realen wie vernagelt, malt die Wirklichkeit «eins zu eins», wie man heute sagt. Rudolf Kollers Kühe am See sind wirklich Kühe zum Anfassen und weiter nichts, nur sorgfältig ausgeführt. Am häufigsten und sprechendsten ist etwas Drittes: Der Appell des Künstlerischen im Maler wird vom Betrachter seines Gemäldes wohl geahnt, der Maler versucht sich verzweifelt vorzuarbeiten oder greift wie nach einem Phantasma, aber etwas staucht ihn dabei zusammen, es ist die machtvolle Solidität, eine Art von seelischer Verbretterung, gegen die er nicht ankommt, es ist die fest eingewohnte Art, wie die Schweizer die sinnliche Welt zu sehen und dabei nichts Tieferes zu empfinden gelernt haben. Es gibt hier kein Entkommen, die Stoa zeigt nun ihre Fratze als Lebensverhindererin, die Kunst lässt sich kein X für ein U vormachen. Nun hat der schon erwähnte Paul Nizon mit seinem 1970 erschienenen Essay über dieses Malaise mutig seine Stimme vorgetragen. Hier konnte man, weil jeder bahnbrechende Essay ohne Einseitigkeiten nicht auskommt, immerhin einwenden, es handle sich um die Aussage eines intellektuellen Aussenseiters, dem die breitere Zustimmung der einsichtigen Fachleute fehle. Die 1997/98 gezeigte Werkschau Schweizer Kunst im Kunsthaus Zürich hat aber die Stimmen einschlägiger und wohlbestallter Berufsleute in den Feuilletons hervorgerufen, die in dieselbe Richtung reden, freilich in deutschschweiz-üblicher Lakonie und Gedämpftheit. Hier vernehmen wir auch Einsichten, die der einfache Museumsbesucher nicht gewinnen kann. Die Lebensarmut des Schweizerischen als Sinnen- oder

Stoffarmut, als ätherische Dünne über der baren Materialität des Daseins bereits vorausgesetzt, heisst es da über diese Kunst (vor 1900), an ihr lasse sich erkennen «der geringere Profilierungsdruck in den kleineren Verhältnissen, das Fehlen einer anspruchsvolleren älteren Tradition und die bekannte Nüchternheit» (Christian Klemm in der NZZ). Nüchternheit, das ist die Entsprechung für meine Abstinenz hier, und «bekannt», da höre ich sogar noch beim Kritiker den Dürrenmatt'schen Wärter im Gefangenen reden: ich weiss es, und Sie wissen es auch, denn wir wissen ja über uns Bescheid. Das andere hier Ausgesagte geht auf das Konto der Landeskleinheit (deren weitere Verkleinerung durch die Schüsselchenwelt der Kantone nicht angeführt wird), dann vor allem auf fehlende «Competition»: es fehlt dem Land das grosse strahlende Zentrum (wie in Frankreich), das eine positive Eifersucht befehlen könnte; mit dem Grundriss des stillgelegten Lebens fehlt auch eine grosse Vergangenheit, der gegenüber ein Stachel erwachen könnte, es ihr gleichzutun. Das sind dann gute Bedingungen für das Mittelmass und fehlenden Schöpfungsdruck, also für etwas, von dem die Kunst, ohne noch den Hut zu lüften, sich davonschleicht.

Es ist wirklich nur der eine und einzige Ferdinand Hodler, der von all dem frei ist. Das Schweizerische hat er weder «durchbrochen» noch ist er aus ihm «ausgebrochen» oder «geflohen» noch hat er «rebelliert» dagegen, sondern er hat es wie mit einem grossen Werklift in die Höhe gefahren und ist dann ins Freie getreten, ohne sich dieses Schweizerischen überhaupt entschlagen zu müssen. Über seine berühmten Bergporträts, an denen Nizon betreffend das innere Verhältnis der Schweizer zum Gebirge wohl die eindrücklichsten Aussagen seines Essays machte, vermag ich aus eigenem Sehverständnis nicht zu reden, weil mir das Auge dazu vielleicht fehlt, aber nur schon das Porträt der Genesenden Frau lässt alles Hemmende weit hinter sich zurück: man wähnt sich im grossen europäischen Kulturraum, mag an die Holländer denken oder an Picasso, und doch dabei ohne das Fatale einer Anlehnung. Als bei Hodler nun kunstbildend eingebrachtes schweizerisches Element, es ist schon oft gesagt worden, empfinde ich die kraftvolle Gebärde, allerdings nun eben nicht als «Trotzigkeit» (wie seltsamerweise und doch gleichzeitig sehr sprechend gerade die Hodler-Bewunderer unter den Schweizern sagen, als erkennten sie im Maler einen der erhöhten Ihrigen!), was dann noch Befangenheit wäre. Und diese Kraft ist ja im Schweizerischen verbürgt, denn der stoische Lebensplan mit seiner zusammenbindenden Bewegung der Lebensverfügung ist ohne geballte Kraft ja nicht denkbar: diese hat Hodler, aber als Energie, nicht als Gehalt, in sein Werk eingebracht. Er hat auch jenes hinderliche Schweizerische selbst, von dem ich hier durchgehend rede, glänzend zur Abbildung gebracht: nicht etwa «entlarvend» (worin ja etwas Denunziatorisch-Hämisches läge und also wieder Befangenheit), sondern enthüllend, zur Wahrheit befreiend, wie aus einer grossen Distanz und zugleich aus dichtester Nähe gesehen. Ich denke dabei an das Bildnis des Sitzenden Drechslers, dessen sich stemmendes Beinpaar an der Werkbank allein eine Vision des Schweizerischen ist, und dann an das Bild «In der Temperenzler-Wirtschaft», wo zwei junge Burschen, vom Teufel der Trunksucht weg in die stille Herberge verwahrt, beklommen-einträchtig in ein dickes erbauliches Buch starren, indessen hinter ihnen die an einer prügelartigen Holzleiste, sozusagen dem schweizerischen Lebensstecken, befestigten Abonnementszeitungen hangen, an einer bräunlichen Holzwand, die vollkommen kahl ist, wie in den früheren Wartsälen unserer SBB-Stationen. Die leere Magenwand der Lebensebbe, die sich bei Abstinenz einstellt: Ausräumung des Lebens.

Hier ist auch der Ort, wo ich aus der Literatur den Namen Dürrenmatt ansetzen will: Auch er, der «Welt-Emmentaler», hat das Schweizerische nicht mit der Welt «verbunden», sondern es dort eingeschlagen, und sein Rebellisches ist eben nicht das verzweifelt-wütige Gefangenenbefreiungs-Gerüttel, das Toben des Ausbrechers, sondern er nimmt von der Welt und in seinem besonderen Fall sogar vom Kosmos seinen Auftrag und verwendet und verwertet das Schweizerische dabei in freiem Gelächter, ohne diesbezüglich von einem «Problem» angekränkelt zu sein. Bei ihm ist jene eine fruchtbare Hälfte der Schweizer Schriftstellerei, von der ich sprach, nicht durch Latenz und Abwesenheit der andern konturiert (was sie ja in die Nähe von etwas leise Hausväterlichem treibt, hinter welchem dann die trockene Devise «Tue recht und scheue niemand» zu hüsteln beginnt): bei Dürrenmatt ist die ganze Kunstdomäne wild und ungezügelt anwesend, und darin dann kommt auch der rebellische Moralist zu seinem fraglosen Recht.

Also Hodler und Dürrenmatt, in meinem Sinn je einer in Kunst und Literatur. Zwei freie Schweizer, siehe da! und unter so vielen freien Schweizern die einzigen. Mithin denn: Ausnahmen.

Vor dieser dünnen Aktenlage wird die Kunst als oberste Richterin ihr Urteil über den schweizerischen Lebensplan sprechen – und es wird dagegen keine Berufung geben.

Die Schweiz ist nicht vier-, sondern fünfsprachig

In der Schweiz wird ein offensichtlicher und von allen gesehener Missstand dadurch geleugnet, dass ihm ein ebenso offensichtlicher Missstand von komplementärer Art entgegengehalten wird. Worauf beide nun als sich bedingende Teile einer Harmonie erscheinen.

Um diesen wundersam symmetrischen Vorgang genauer zu erfassen, müssen wir zuerst nach einem Vergleich suchen, der uns die Mechanik des Ganzen technisch richtig vor Augen führt.

Es ist nicht so wie bei jenem behelfsmässigen Berichtigungsverfahren, das jeder kennt, wo man einen verbogenen Gegenstand, z.B. einen krummen Stecken, mit den Händen vorübergehend in eine Gegenkrümmung drückt, um dadurch die gerade Form zu erreichen. Hierbei wäre dann das Ärgernis einigermassen behoben, im Umweg über ein anderes. Aber es wäre dabei nur *ein* vorhandener Missstand behoben, nicht wie in der Schweiz zugleich ein anderer dazu. Und wie leicht könnte bei diesem Verfahren das Material durch Überspannung zu Bruch gehen! (Am einfachsten wäre es, keine krummen Hölzer zu nehmen ...).

Sondern es geht etwa so zu wie bei einem in Schräglage geratenen Baum, der just in dem Moment, wo er fällt, von einem anderen Baum, dem dasselbe zustösst, daran gehindert wird, sodass sich jetzt beide stützen. Hoppla, sagt der Waldbesucher, der das Ergebnis sieht, hier herrscht solide Statik. Und geht beeindruckt von dannen, das Ganze kommt ihm wie ein Wunder vor. Vorausgesetzt ist, dass der Fall der beiden Bäume in genauer Gegenrichtung erfolgt. Ein schwieriger Zufall, so scheint es, aber bei den vielen Bäumen eines Waldes ja gar nicht so selten. (Seit dem Orkan von Weihnachten 1999 kann man diese Erscheinung in fast jeder Waldparzelle antreffen.)

In der Schweiz müssen viele Missstände gar nicht behoben werden: sie verschwinden dadurch, dass sie einander *brauchen*, wodurch eine Harmonie entsteht, und diese kann nur eine Tugend sein. Aus einem Missstand entsteht ein Gutstand.

Nehmen wir noch einen Vergleich aus der menschlichen Welt. Es ist etwa so wie bei einem Mann, dem ein anderer mit der rechten Hand eine Ohrfeige gibt. Äussert der Geschlagene Unzufriedenheit, so gibt ihm jener noch eine von links und sagt: So, nun bist du wieder im Lot.

Damit erlebt ein Schweizer, der sich gerade nur an *einem* Missstand gestossen hat, das Verschwinden dieses und gleichzeitig eines zweiten, an den er (noch) gar nicht gedacht hatte. Ausserdem darf er sich noch seiner Nörgelei schämen: er ist des Wunders in den gegebenen Verhältnissen bisher nicht teilhaftig geworden, wegen seiner Borniertheit. Da kann man dann schon von einer Maulschelle reden.

Die Schweiz ist ein viersprachiges Land. Oftmals habe ich, zum Beispiel vor dem Einschlafen, wenn man allerlei wunderliche Gedankenspiele treibt, daran gegrübelt, warum es nicht drei sind. Womit ich nichts gegen das Rätoromanische gesagt haben will. Drei, das schien mir harmonischer, nichts ist ja so harmonisch wie die Drei (zusammen mit der Sieben, der Zahl der Bundesräte).

Aber vier, das ist ja auch harmonisch, und es passt sehr gut zur Schweiz. Vier symbolisiert die Allseitigkeit (die vier Himmelsrichtungen), vier Balken hat das Schweizerkreuz, die Grundform ist dabei das Rechteck, dessen Gesetz der rechte Winkel ist, eine Anschauung für das Rechte und Richtige. Auch das Vierschrötige hat darin seinen Platz.

Was soll meine Zahlenträumerei? Ich vermute, dass Harmonieempfindungen oder Harmoniebedürfnisse daran beteiligt sind, wenn die Schweiz sagt, sie sei viersprachig. Wo sie doch fünfsprachig ist.

Englisch? Das wäre dann die sechste, und in der Tat ist da ja vielleicht etwas im Anzug. Der jetzt öfters zu hörende Hinweis auf das Englische (von den einen als Warnung, von den andern als zeitgemässer Vorschlag einer Lingua Franca geäussert) ist insofern ein echtes Helveticum, als diese Leute in einer Art Konfusion, die von der fünften, von ihnen ausgeblendeten Landessprache herrührt, auf eine sechste springen.

Die fünfte, bei uns geleugnete Landessprache hat nach Zahl der Benutzer und Sprechzeit die weitaus grösste Dimension: das Schweizerdeutsche.

Die Deutschschweizer sind bekanntlich zweisprachig, in der Sprachwissenschaft nennt man diesen Zustand Diglossie. Idealtypisch betrachtet, liegt eine Zweiteilung in eine Umgangssprache (Mundart) und in eine Schul-, Print- und Offizialsprache (Hochdeutsch) vor. In Wirklichkeit ist die Sachlage komplexer und in den heutigen Verhältnissen immer mehr verwischt: in den Sprechmedien Radio und Fernsehen rückt die Mundart immer mehr in die Funktion der Offizialsprache auf, gleichzeitig erobert sich der Dialekt wachsende Geltung als Schriftsprache, nicht nur in der Werbung und in Privatbriefen von Jugendlichen. «Wirtshuus zum Ängel» oder «Pöschtli» sind heute als Gasthausschilder gang und gäbe, auf dem Land trifft man auf Wegweiser mit der Aufschrift Gmeinwerch (versteht sich: ohne Anführungszeichen). In Zürich trägt ein altes Restaurant heute das Aushängeschild «Rolis Beiz» (der falsche englische Genetiv ist dabei noch vermieden, also anders als bei «Susi's – oder Susie's – Wulleladeli»). Vielleicht möchte in dem Lokal auch einmal ein Deutscher einkehren, nun gut, das kann er ja auch, bloss den Namen versteht er dabei nicht und nicht einmal den Charakter des Etablissements. Kümmern wir uns aber nicht um die Deutschen. Immerhin kann ja auch einmal einer aus Lausanne kommen.

Um diesen Welschen, der auch ein Tessiner sein könnte, geht es mir im Folgenden, doch stets im Zusammenhang mit dem Deutschschweizer, und darum verweile ich vorerst noch bei der alemannisch-hochdeutschen Diglossie.

Um diese Doppelsprachigkeit, ihre Vorzüge und Nachteile und vor allem um die Geltungssphären der beiden Sprachen gibt es seit mindestens hundert Jahren in der Deutschschweiz Richtungsstreitigkeiten, die aber mehr die Form eines Gemunkels haben, teils weil sich die Öffentlichkeit dafür nicht interessiert, teils weil Sprachenstreit eben nicht eine Sache der Schweiz ist, sondern anderer Länder, insbesondere Belgiens, von dem wir uns ja unterscheiden wollen. Als freier Schweizer habe ich da auch eine Meinung: Ich begrüsse und schätze, wie viele andere auch, diese deutschschweizerische Zweisprachigkeit, bin dabei aber, wie wenige andere, der Meinung, man solle die Hürde, die das Hochdeutsche für den Deutschschweizer beim Schreiben und erst recht beim Sprechen darstellt, nicht verkleinern, sondern belassen. Als Hochsprungslatte zuerst für die Kleinen, dann für die Grossen, auf dass sie lernen, dass die Welt mit dem Element des Traulichen allein nicht zu erschliessen ist.

Jetzt habe ich wohl etwas Fatales gesagt, denn beim Nehmen einer Hürde geht es ein wenig nach oben, und oben, ich habe es schon gesagt, das ist dort, wo weiland Gesslers Hut hing. Es hat aber einer unserer grossen Gessler-Gegner, der Republikaner Gottfried Keller, der beim Abendschoppen in der «Öpfelchammer» in Zürich wohl im Dialekt des dortigen Niederdorfs sprach, seine hochdeutsche Prosa von Weltruf nur dank dieser Hürdenspringerei vermocht. Und auf ihren Göpfi als nationale Auslage, auf den wollen ja auch die eingefleischesten Dialektanhänger keinesfalls verzichten. Indem Gottfried Keller und unsere anderen Schriftsteller von Rang sich um die Hochsprache bemühen *mussten*, weil sie nicht auf Anhieb dem gewachsenen Schnabel entfloss, genau dadurch haben sie nicht etwas

Bemühendes und Bemühtes hergestellt, sondern nach Meinung vieler draussen «im grossen Kanton» das Kaliber der hochdeutschen Literatursprache über den Rang mancher ihrer Kollegen in Deutschland erhoben. Denn ihre heimische Muttersprache, versteht sich, wurde dabei nicht als niedriges Substrat hinuntergedrückt, sondern im Amalgam der Hochsprache als das Edle hervorgehoben, das sie ja gerade deswegen ist, weil sie nichts Höfisches ist. Dies sei jenen zahllosen «Plebejern» unter der schweizerischen Intelligenzia, insbesondere den Schullehrern, zugerufen, die sich im Grunde immer schämen, vor ihren Schülern hochdeutsch sprechen zu «müssen».

Sprachrichtigkeit, das Wahrnehmen und Sich-Aneignen der hochdeutschen Standardsprache – von der mit Fug und Recht das sogenannte Schweizerhochdeutsch einen Teil bildet –, daran hapert es bei den Deutschschweizern bekanntlich immer mehr. (Dazu haben sie neuerdings, gewieft darin, immer die andere Seite der Medaille zu sehen, ein pfiffiges Gegenargument: Eine philologische Studie hat kürzlich erarbeitet, dass unsere Kids im Vorschulalter – hier sieht man, dass wir für den treffenden Ausdruck heute immer mehr auf das Englische angewiesen sind! – dank ihrer Guckerfahrung an den deutschen Fernsehkanälen ein besseres «passives» Hochdeutschwissen in die erste Klasse mitbringen als früher. Ausgleichende Gerechtigkeit, kann man da nur sagen – hier fällt bereits wenn nicht ein kleiner Baum so immerhin ein Rütchen einem grösseren Baum in die Sturzlinie). Und hier will ich nun meine sprachethischen Argumente verlassen, die vielleicht ja nur diejenigen eines allzu sensiblen Sprachenfreundes sind, wo ich doch hier ganz allgemein vom Volk und Staat der Schweizer zu reden habe.

Bekannt ist, dass die Welschen und noch mehr die Tessiner nicht gerne deutsch sprechen. Oft geben sie vor, es nicht zu können, es in der Schule nicht richtig gelernt zu haben. Da dürfte es sich aber nur um ein Symptom handeln, nicht um die Ursache. Es mag sein – und falls es so ist, dann *ist* es so –, dass diese unsere Landsleute in ihrer sprachlichen Romanität eine Abneigung gegen die germanische Lautung haben, wodurch sie in der Schule mitsamt ihren Lehrern keine rechte Lust auf Deutschlektionen haben. In den Mittelschulen des Tessins rangiert bei der Pflichtwahl einer Fremdsprache nach Französisch, Englisch und auch Spanisch das Deutsche weit hinten auf dem vierten Platz. Ein Welscher in Bern oder Zürich lässt sich in aller Regel nur französisch vernehmen, und da unter allen Landesbürgern die Deutschschweizer pädagogisch am beflissensten sind, fallen sie sofort in seine Sprache ein, auch weil sie nun ihrer eigenen Hemmung, Hochdeutsch sprechen zu müssen, entfliehen können, überdies zeigen können, wie polyglott sie sind. Ist dieser Welsche aber in einer ganzen Gruppe von Deutschschweizern, so nimmt dieser Sprachservice bald sein Ende: man parliert vor den Augen des Landsmannes schweizerdeutsch, wovon der Welsche nichts versteht und auch nicht verstehen muss. Was da bei den Deutschschweizern sich zuerst als Höflichkeit ausgeben möchte, verwandelt sich raschestens in rüpelhafte Unhöflichkeit, und ich habe gesamtschweizerische Anlässe unter

Teilnahme der welschen und Tessiner Presse erlebt, wo immer schweizerdeutsch gesprochen wurde und unsere «lateinischen» Kollegen kopfschüttelnd vor ihrem Stenoblock oder Laptop sassen. Sind Deutschschweizer nach einer Begegnung mit Welschen und Tessinern wieder unter sich allein, beginnen sie gerne zu schimpfen, wie arrogant doch diese Romands und wie bequem die Tessiner seien: nie würden sie sich herbeilassen, deutsch zu reden, wir dagegen – «immer ich, immer ich!» Den Romands, denen der Gebrauch des Hochfranzösischen, und den Ticinesi, denen derjenige des Hochitalienischen – beide Begriffe versteht sich existieren nicht – selbstverständlich ist, können sich nur wundern darüber, dass ihre Landsleute au-delà de la Sarine und oltr'alpe ihre Hochsprache offenbar hassen. Letzte Folge dieses Zustandes ist, dass sich unsere kleineren Sprachnationen wenn möglich auf sich selbst zurückziehen.

Und von da rührt jener wahre Ausspruch über die viersprachige Schweiz, dass sich ihre Sprachgruppen deswegen so gut verstehen, weil sie sich nicht verstehen.

Seltsamerweise habe ich diesen Ausspruch zum ersten Mal von einem Hamburger gehört, der eine Zeitlang in der Schweiz gelebt hatte. Er lachte dabei, doch zu Unrecht. Er wusste nicht, dass sein Bonmot gerade das Geheimnis des schweizerischen Mogelverfahrens enthält, aus komplementären Missständen ein gut Ding zu machen.

Zunächst aber nicht, zunächst handelt es sich bei der Übersehung der grössten Landessprache um einen auch von den Behörden «mit Sorge» betrachteten, weil nämlich das eigene Schweizerische zentral treffenden Missstand, denn er verträgt sich natürlich nicht damit, dass wir eine – Willensnation sind. Die Rede von der Willensnation wird ja genau hier auf den Prüfstand gehoben – würden die Schweizer ihr nachleben, so wären 80 % von ihnen, nämlich die Deutschschweizer, verpflichtet, in ihrem eigenen Territorium vor Welschen und Tessinern hochdeutsch zu sprechen, damit diesen, bei einer Willensleistung ihrerseits, die Möglichkeit gegeben wird, uns zu verstehen. («Verpflichtet» sagte ich eben: ein Faux-pas von mir, wo es doch um «Wille» geht – aber wie soll ich denn reden: «zum Willen verpflichtet wären»?, «wollen müssten»?, «den Willen wollen würden»? – aber über den Willen und das Wollen habe ich ja oben unter Voluntarismus meine «Meinung» schon ausgedrückt). Solange das nicht geschieht, wird bei den hier bloss vermutungsweise geäusserten Gründen, warum unsere Lateiner nicht gerne deutsch sprechen, der einhelligste weiterhin verborgen bleiben: dass diese unsere Landsleute ja sattsam wissen, dass wir im Gespräch mit ihnen das Hochdeutsche nicht gebrauchen «wollen». Keine Klage also bitte über diese unsere ehrbaren romanischen Landsleute.

Zum Zweck einer kleinen Recherche für dieses Kapitel habe ich mich in der Mensa der ETH Zürich in eine Tischrunde von Tessinern gesetzt. Immer sieht man ja dort zwei oder drei solcher Gruppen zusammensitzen, immer unter sich, kein Deutschschweizer spricht mit ihnen und sie nicht mit den Deutschschweizern. Wenn sie in ihrem Dialekt mit den ö- und ü-Lauten und den wegfallenden Schlussvokalen sprechen, könnten es für uns auch Galizier oder Kosovaren sein, sie wirken wie im Exil lebend, sie studieren jedenfalls in der Fremde. Nicht, dass man mit ihnen Erbarmen haben müsste. Als ich meine Fragen an sie richtete, waren sie auf eine leicht spöttische Weise geniert, feixten, sagten, nein, es gebe da kein Problem, es sei doch natürlich, unter Freunden verweilen zu wollen, und Zürich sei una bella città, undsoweiter. Alles bestens, sie fühlten sich wohl. So von ungefähr ging mir der Begriff der Verinnerlichung durch den Sinn: Sie hatten sich das Fremde oder die Entfremdung im eigenen Land zu eigen, zum Eigenen gemacht. Als ich aber mit meinen Fragen nicht nachliess, sagte endlich ein Mädchen, eine «ricciolina» mit Sonnenbrille im Haar und jenen Rüschen an den Blusenärmeln, wie sie auch die Studentinnen in Bologna oder Siena lieben: «E poi, sa–i, i dialätti ...» – und Ja! Ja! nickten sogleich alle, und nun dabei doch eher ernst und etwas betreten. Bis dahin war es im Gespräch offensichtlich darum gegangen, einige Tünche wegzukratzen.

Es gibt, um noch ein wenig bei den Tessinern, die ja unsere (meine) Landsleute sind, zu verbleiben, hinter dieser Entfremdung im Verhältnis zur Landesmehrheit noch eine andere, nämlich eigene und intime, von der in der Deutschschweiz nahezu nichts bekannt ist, eben weil wir einander nicht verstehen, hier nun richtiger gesagt: von einander nichts wissen, noch richtiger: nichts wissen wollen. Es gibt im Tessin das Problem der Tessinität, das in der Gegenwart höchstens latent vorhanden, den meisten Tessinern heute jedenfalls nicht bewusst ist; nur die kulturhistorischen Sachwalter des

Kantons «erinnern» sich als an etwas gleichsam Überwundenes und belegen es flugs mit einem akademischen Begriff, wie eine schwierig zu benennende medizinische Erscheinung: «Il Ticinesismo». Gemeint ist damit jene in den Dreissigerjahren durch Mussolinis Präsenz in Italien wachgerufene Frage, wo denn nun die Tessiner Identität zwischen der lombardisch-italienischen Sprach- und Lebenskulturzugehörigkeit einerseits und der schweizerischen Staatszugehörigkeit andererseits ihr Gesicht habe. Dabei hat ja, was nördlich der Alpen kein Mensch weiss, im 19. Jahrhundert einer unserer Bundesräte der ersten Stunde, Stefano Franscini, ein dreibändiges Werk über das Tessin geschrieben, dessen Titel nicht «La Svizzera Italiana» lauten sollte, sondern «L'Italia Svizzera». Kleine Grammatik zum Nachdenken – was ist Hauptwort, was ist Beiwort? Im «Ticinesismo» der 30er und 40er Jahre gab es die Tessiner Hymne, die heute nicht mehr gesungen wird, von zündender, aus einem Graben ans Licht kletternder Melodie (So-Do-Mi-So-Do-Mi-Do), deren Anfangsworte lauteten: «Noi siamo Ticinesi, godiam felicità: Il mite ciel d'Italia, Elveta la libertà!» Eine Beantwortung der Identitätsfrage durch Paarung zweier nicht vermischter, sondern unterschiedener Elemente, freilich poetisch gestaltet und überhöht, daher vielleicht fraglich in ihrer Tragfähigkeit – immerhin, man hatte sich dem Problem gestellt (ein Böser im Ausland hatte dieses Problem nicht hervor-, sondern wachgerufen, denn es war ja auch ohne ihn da. Von einem andern Bösen im Ausland, einem für alle Schweizer weitaus wichtigeren, werde ich später noch reden).

Heute ist das nicht mehr «aktuell». Heute hört man in der Deutschschweiz, in entlegenen und seltenen Feuilletons, ab und zu von Tessiner Schriftstellern, die keiner kennt – Giorgio Orelli mögen sie heissen oder Alberto Nessi –, die schwermütig-leise Klage, die Tessiner Autoren hätten einen schweren Stand: von ihren Kantonsleuten würden sie nicht gelesen (Gefahr des «Italianismo»?), und drunten in den Mailänder Verlagshäusern rümpfe man die Nase, sie gälten halt als Provinzler. Was dann also heisst: ihre Sprache ist heimatlos. Aber was soll man denn von ein paar unglücklichen Schreibern ein Aufheben machen, nicht mal ein Viertel Promille der Kantonsbevölkerung machen sie aus, und Minderheitenschutz in Ehren, aber dass da einige Minigruppen mal etwas kürzer treten müssen, das ist doch normal! – Nein, denn diese Autoren, jedenfalls die besseren unter ihnen, sind nicht angetreten, um sich den Nabel zu salben, sie sprechen für das Ganze, und hier hat die Logik von Minderheit und Mehrheit halt ein Ende. Von Piero Bianconi und Plinio Martini kann ich es als Leser bezeugen: Sie sprachen von den Valli und vom Piano des Tessins für alle, für die Allgemeinheit, und ob sie dabei gehört wurden oder nicht, ändert nichts an der Bedeutung ihrer Aussagen. (Wenn ich hier einmal meine persönlichen literarischen Neigungen nennen darf: unter allen Schweizer Autoren, die ich gelesen habe, alten und neuen, ist neben dem Toggenburger Ulrich Bräker im 18. Jahrhundert der Tessiner Plinio Martini im 20. Jahrhundert der *beseelteste.*)

Bald betreten wir das Waldstück mit dem harmonischen Dreieck, das meine beiden auf einander zu fallenden Bäume zusammen mit dem soliden Erdboden darunter bilden. Die Situation der hochdeutschen Standardsprache in der Deutschschweiz und das Problem der Sprachrichtigkeit im schriftlichen und mündlichen Gebrauch derselben haben die kantonalen Erziehungsdirektoren «erkannt», und der Bundesrat hat dazu, anlässlich der Revision des Sprachenartikels der Bundesverfassung von 1991, eine Botschaft «erlassen.» Wenn unsere Offiziösen etwas «erkannt» und der Bundesrat etwas «erlassen» hat, dann bedeutet das bei uns meistens, dass es so bleibt, wie es ist. He ja, die Kantone schauen eben hinauf nach Bern, was dieses tut, und dieses hinunter, was jene machen, und es ist wie bei zwei Personen vor einer Tür, die nicht wissen, wem sie den Vortritt geben sollen, und zu einander lächelnd sagen: Gehst du, oder gehe ich? Aber in unserem Sprachenfall sitzt der Wurm noch tiefer, nämlich im Plebejismus unserer Intelligenzia und der Offiziösen. Wie es ganz logisch ist, hat man erkannt, dass die erste Sorge den Schulen zu gelten hat, wo beginnen muss, was sprechen soll im Vaterland. Also ergeht alle Jahre wieder einmal eine Ermahnung an die Schullehrer, doch das Hochdeutsche als Unterrichtssprache konsequent einzuhalten – ein tautologischer Leerschritt, denn dazu sind ja die Lehrer gemäss Unterrichtsgesetz verpflichtet. Aber diese Schullehrer wollen nicht müssen, was sie wollen müssen. Im Falle unserer Sprachenlässigkeit kommt das Dumme zum Vorschein, das am Begriff der Willensnation hängt: Er strebt hier, und kann gar nicht anders, Normcharakter an, wodurch er sich selbst widerspricht. Es liegt nicht an den Schullehrern, es liegt an den Behörden. Sind ihre Mitglieder doch selber Schulkinder gewesen und haben sich auf ihrem Bildungsweg nach oben nicht, wie sie sollten, emanzipiert, sondern ihre Froschperspektive bewahrt und sympathisieren mit der Unwilligkeit zum Hochdeutschen, und wo sie das für sich und ihre Person vielleicht nicht tun, so glauben sie es in direktdemokratischer Kurzschlüssigkeit dem Volk zuliebe tun zu müssen; dabei denken sie nicht die Bohne und keine Sekunde lang daran, dass das Volk hierin gar nichts wollen will, sondern auf eine *Weisung* und Regelung dieser Verhältnisse angewiesen ist.

Lothar Wittmann, gewesener deutscher Botschafter in Bern, ein Freund unseres Landes und namentlich der bunten Vielfalt unserer Dialekte, daneben mit hellhörigem Sinn für die Belange der Hochsprache ausgerüstet, berichtet von einem Gespräch mit dem Erziehungsdirektor von Uri. Dieser habe ihm geklagt, wie mangelhaft die Standardsprache in seinen Schulen praktiziert werde. Er kämpfe seit Jahren ohne Erfolg für eine angemessene Vermittlung der hochdeutschen Sprache. Dem klaren dienstlichen Auftrag zum Trotz erfüllten die Lehrer diese Aufgabe nur unzulänglich, teils aus Bequemlichkeit, teils aus Prinzip. Wittmann dürfte bei seiner Gesprächsbegegnung nicht die ganze Haltung des Schweizer Erziehungsbeauftragten erfasst haben. Er mag als freundlicher, milder und den Schweizern mit ausgesprochener Sympathie und nicht etwa mit «deutscher» Hochnäsigkeit begegnender Herr vielleicht nicht wissen, dass es einen Unterschied macht, ob ein Schweizer mit einem Deutschen unter vier Augen spricht oder über ihn im Kreis der Kollegen. Fern davon, diesen urschweizerischen Erziehungsminister zu kennen, stelle ich mir hinter seinem Gespräch mit dem Botschafter ein zweites vor: eines, das der Bildungsdirektor nachher mit seinen Regierungskollegen geführt hat. Da mag es dann sehr wohl geheissen haben: «dä Hüärä Schwab» habe gemeint, er könne uns Vorschriften machen, was da bei uns zu gelten habe! Ja, genau so denke ich mir das, denn ich kenne meine Pappenheimer nun doch etwas länger als der hochmögende Mann aus Deutschland mit seinen wenigen Botschafterjahren. Ja, mit dem Verhältnis der Kleinen zu den Grossen ist es eine alte und eigene Sache, die ich hier nicht weiter aufrollen will, und vielleicht hat Wittmann, der bei unserer Zweisprachigkeit mit tiefsinnigen Überlegungen gar an eine Spaltung der Schweizer Seele dachte – was ich nun als bei weitem zu spekulativ, sozusagen «typisch deutsch» einstufe – doch nicht ganz Unrecht. Wir wissen nämlich nicht, in welchem der beiden vorgestellten Gespräche jener Urner seinen *wirklichen* Standpunkt vertreten hat. Sehr wohl mag er diesen gerade bei Anlass jener Weltoffenheitsbekundung verraten haben, zu dem sich zumal Deutschschweizer im Gespräch «unter vier Augen» mit einem Ausländer gerne verstehen. Verstehen sie sich dabei vielleicht besser als sie wissen??

Aber genug davon – es gibt hier nämlich gar kein Problem! Es ist alles gut, so wie es ist, und eine Wohltat für die, die von dem Missstand betroffen sind. Das macht Stefan Sonderegger, Altmeister der schweizerischen Germanistik, deutlich, der in derselben Ausgabe der

NZZ, der ich die Ausführungen Wittmanns entnehme, seinen Standpunkt darlegt. Und zwar an zweiter Stelle: die Zeitung ist gleichsam höflich, lässt dem auswärtigen Gast den Vortritt, danach spricht der Einheimische. In Wirklichkeit hat diese Reihenfolge den Sinn, die Sache wieder zu richten, ins Lot zu bringen, man lässt das Problem, das ja das unsrige ist, zuerst durch einen Deutschen vortragen, aufwerfen, und dann durch den bewährten einheimischen Fachmann neutralisieren. Nur keine Aufregung, die Kirche bleibt bei uns im Dorf! – das ist nun die Tonart von Sondereggers Betrachtungen. Wie immer bei diesem bewanderten Sprachgelehrten, der auf ein langes Forscherleben nun mit der Ruhe des Lebensfeierabends zurückblickt, kann der lesende Laie über die interessanten und verwickelten Belange der oberdeutschen Dialekte eine Menge lernen. Leicht lässt er sich dabei einlullen, leicht passiert es ob so viel Sachkompetenz, dass er gewissen professoralen Mechanismen, einer Art von Berufsblindheit, auf den Leim geht. Dialektwelle?, fragt Sonderegger. Gemach, gemach, alles schon gehabt. Schon drei Dialektwellen innert hundert Jahren haben wir gehabt, und alle sind sie wieder verebbt, ergo wird es jetzt wieder dasselbe sein. Derlei Argumentation kommt vom ständig historisch-relativierenden Denkgeschäft, und sie hat etwa den Aussagewert wie wenn einer es als logisch bezeichnen würde, dass ein Mann, den man schon dreimal überfallen hat, dies auch in Zukunft aushalten werde. Sprachrichtigkeit im Gebrauch des Standarddeutschen, räsonniert Sonderegger, nun ja, die habe halt bei uns ihre Grenzen, die seien ihr durch unseren

Sprachenföderalismus gesetzt. Und jetzt kommts – freilich lakonisch verborgen unter dem ruhigen Wandelgang der abgeklärten Sätze: Wäre es anders, das heisst würde Sprachrichtigkeit allzu sehr zur Norm, dann würden wir die anderssprachigen Romands vor den Kopf stossen, ein Graben im Sprachenfrieden würde aufgerissen! – Wir müssen also, heisst das, um der Romands willen fortfahren, so mit ihnen zu sprechen, dass sie bei ihrem Kopfschütteln bleiben. Ein offensichtlicher Missstand bei uns Deutschschweizern ist um unserer Landsleute willen, die darunter zu leiden haben, in einen Gutstand umgesegnet worden – von einem kompetenten Philologen. Anzumerken ist hier wie schon bei Karl Schmid, dass Sonderegger in der Armee Offizier, nämlich Oberst war. Was er ja sein darf, nicht wahr – oder hat der Autor etwas gegen Offiziere, ist er etwa bei der GSoA? Hat er nicht und ist er nicht. Man muss nur bedenken, dass alles seinen Preis hat. Sonderegger ist wie der Germanist Schmid durch seine militärische Laufbahn mit ihren zahllosen Kursen und «Wiederholigern» auf die Selbstverfasstheit des Schweizer Staates als primäres Korsett des Denkens festgelegt: sie ist ihnen jenes vorgegeben Selbstverständliche, das in seinen inneren Bedingungen zu bedenken ihnen gar nicht in den Sinn kommt, auch dann nicht, wenn dieses wie im Fall der schweizerdeutschen Sprachenfrage ja gerade betroffen ist!

Am Ende meiner Ausführungen angelangt, sehe ich, dass ich mein «gspässig»-schönes Bild von den beiden Bäumen nun nicht ganz eingelöst habe. Es wäre eher von dem für das Schweizerische typischen Phänomen einer tautologischen Katze zu reden, die sich in den Schwanz beisst oder im Kreis herumgeht, bei der Suche, ihn zu fangen.

Falsche und richtige Rede vom Untergang der Schweiz

Was die Mehrheit der schweizerischen Bevölkerung, das von mir so genannte einfache Volk, betrifft, so können meine Überlegungen zu Literatur und Kunst – und auch ein gut Teil meiner übrigen – es eigentlich nicht scheren. Gäll Kari, am achti gömmer ufe in Leue für-ne-Jass. Müssen es jedenfalls nicht. Aber sie betreffen es. Wie denn die Aussagen der Kunst alle Menschen betreffen. Fredy Krummenacher in Niederwil oder Josy Gabathuler in der oberen Hub brauchen ihr Leben lang kein Buch gelesen zu haben und nie in einer Gemäldegalerie gewesen zu sein: es wird sich alles an ihnen vollziehen, an ihnen, an ihren Kindern und Kindeskindern.

Könnte es einen schweizerischen Staat geben, der aus Hirten, Bauern, Handwerkern bestünde – er könnte zum Beispiel, mit einem Buchtitel Kurt Martis, «Högerland» heissen – er wäre mit sich selbst im reinen. Hierzulande besonders, hier mehr als irgendwo anders: der Volksstoizismus als eigenes Patent würde ihn gewährleisten. Denn diese Lebensdoktrin wäre den Bewohnern auf den Leib geschrieben, es gäbe keinerlei Entfremdungsproblem: denn sie ist ein *Simplizismus.*

Ich meine das nicht abschätzig, es ist nur konsequent gedacht.

Aber einen solchen Staat gibt es nicht, und nie wird es einen solchen geben. Er wäre ein Reservat, mit einem Hag drum herum. Nie dürfte einer ein Bild, z. B. die Mona Lisa, betrachten und dabei auf «dumme Gedanken» kommen, nie dürfte einer hinausgehen und an einer Universität studieren wollen. Ein archaischer, ungeschichtlicher Staat. Vielleicht heute mit Elektrozaun. Es würde alles nichts helfen: eines Tages ginge einer hinaus, von da an wäre der Wurm drin und die Utopie ginge in die Luft.

Der Schweizer Lebensplan ist unhaltbar, weil er unwahr ist. Vor dem Leben unwahr. Man könnte also auch sagen: eine Lebenslüge. Freilich ist das Wort eigentlich zu scharf, weil zu moralisch: gerade mit Moral käme man dem Sachverhalt nicht bei. Die meisten Schweizer wissen ja auch gar nicht, was sie da machen. Und verkennt denn das anklägerische Wort nicht, dass es hier um etwas Tragisches geht? So viel etablierte Energie für das rechte Verhalten, für Vernunft, Gemeinsinn und biederen Anstand, und dies nun heute mit dem Ausweis von siebenhundert Jahren – dem soll der Strich durch die Rechnung gemacht werden? Ja. Tragisch freilich, das ist es denn doch nicht, Tragik ist etwas anderes. Im wohlorganisierten Selbstausschluss vom Leben liegt nichts Tragisches, sondern die Leere. Die freilich hat nun den Preis, dass sie das Unternehmen selbst kostet. Die Schweiz ist ein in sich folgerichtig durchgestaltetes Paradox, das sich in ihrem Untergang erfüllt. Ihr liegt der Irrtum zugrunde, dass sich das Leben in eine Strategie des Heils umbacken lässt, und diesen Irrtum lässt sich das Leben nicht bieten. Denn dieses ist als Ganzes von Natur aus keine Heilsveranstaltung. Heil lässt sich in ihm nur so weit aufrichten, als man sich dabei des stets und zwar *gleichzeitig* wirkenden Zugriffs des Gegenteils bewusst bleibt. So ist es, und so wird es immer sein. Die Verkennung dieser Tatsache wird die Schweiz mit dem Leben bezahlen.

Wenn nicht ... Es sei denn, dass ...

Ich nähere mich dem Schluss meiner Arbeit, und bei ihrem Gegenstand, der Einschätzung von Grundlagen, Zustand und Befindlichkeit des Landes, ist es bei uns üblich, dass nach einer Analyse, wie schwerwiegend auch immer sie ausgefallen sei, ein Ausweg gezeigt wird oder eine Aufmunterung oder Ermahnung verabfolgt wird, derzufolge durch Vernunft und Einsicht, einfach so, mitten im Gegebenen drin, ein neuer Weg eingeschlagen werden soll. Und da diese Vernunft und Einsicht nun aber nicht da ist, nicht zu gewinnen ist, verlegt man sich auf den dämlichen Muskel-Impetus des Willens. Wenn wir nur wollen! Auf, reisst euch (reissen wir uns) am Riemen! Willensnation, jawohl – bimm bimm, macht das Wort, wie das Wandlungsglöckchen in der Messe. Und so gehts dann in die nächste Runde. Auch die Einsichtigeren machen es so. Einer unter uns, Professor der Philosophie und dabei von einiger publizistischer Rührigkeit, hat aus Anlass des Jubiläumsjahrs 1998 einen unbetulichen, unverstellten und im Ganzen tiefblickenden Aufsatz über den Lebenszustand der heutigen Schweizer geschrieben, der das unlösbar Dilemmatische am Schweizerischen erfasst, der auch den Oppositionalismus als eine Spielart davon erkannt hat (etwa als jenes «negative Jodeln», wie ein anderer, Hugo Loetscher, es kurz, treffend und mit befreiend-lustiger Wohltat genannt hat) und der insbesondere – er ist der Erste und Einzige, bei dem ich das antreffe – auch den Begriff Willensnation nicht unbesehen passieren lässt: er erklärt ihn für eine Zwangsvorstellung. Aber nun, wie schliesst sein Aufsatz, dessen Erkenntnisertrag die Figur der Leere umkreist? Er schliesst mit dem Satz: «Aber immer gilt: Wenn wir die Schweiz nicht wollen, dann wird sie auch nicht gemacht.» Soll heissen: Wenn doch, dann ja. Nanu? – Gut' Nacht allerseits, den Artikel habe ich nun hinter mir, wissen Sie, ich bin eben dafür angefragt worden, von mir aus hätte ich den nicht geschrieben, ich habe nämlich sehr viel anderes zu tun, aber Nein sagen konnte ich auch nicht gut, möchte da schliesslich schon auch mitreden. Und dann musste ich ja zu einem Schluss kommen, einem Abschluss, verstehen Sie, Sie kennen doch das Problem, nun ja, ist vielleicht etwas faul der letzte Satz, aber der Leser versteht schon wie ich das meine! – Oh ja, Georg Kohler, er versteht, wie Sie das meinen (Swiss, made: Wir Indianer, S. 21–23).

Meine Leser werden nun jedenfalls verstehen, dass ich nicht in diese Sägemehlkurve einbiege. Es gibt für die Schweiz weder Perspektive noch Ausweg. Sie ist aufgeschmissen, that's all. Erst hier sind wir auf der Platte, auf der die Torte steht, die ich nun mit dem Messer durchschnitten habe, Schicht um Schicht.

Kommt hier «der Fröögli» angelaufen und sagt: Ja, aber ...?

Ja aber wenn wir das nun öffentlich ausdiskutieren würden, Information, Bewusstmachung, Meinungsbildungsprozess, Streitkultur, Willensbildung, Vernehmlassung, Vorschlag und Gegenvorschlag, Eventualabstimmung und Abstimmung, wir, die wir wie kein anderes Volk auf die selbständige Entscheidung von allem gegründet sind, auch auf die Gewinnung wenn nötig fundamentaler Einsichten – dann könnten wir doch weiterkommen, gelt?

Eben nicht. Eben das, diese ganze logistische Prozesshaftigkeit, stellt ja nur die Bahn bereit, in der wir uns im Kreis drehen. Es gibt Fälle, wo *alle* nicht mehr weiterwissen, von da an gibts nur noch Wassertreten. «It's all for nothing», sagt der alte Sheriff im Film «High Noon» und blickt müde auf seine gelähmte Hand.

Das mit dem Untergang der Schweiz, das sagt sich so leicht, man glaubt es kaum. Wie man im Folgenden sieht.

Einer, Geschichtsprofessor an der Universität Lausanne, und zwar im besonderen für Neuere Schweizer Geschichte, also Inhaber eines Postens von einer, denke ich, gewissen öffentlichen Verantwortung, wurde im nämlichen Jubiläumsjahr in einem längeren Fernsehgespräch am Schluss gefragt: «Und welche Perspektive sehen Sie für die Schweiz?» – «Dass sie untergeht», sagte der Mann, sofort und ohne zu zögern. Danach lachte er ein seltsam meckerndes Lachen, sodass nicht klar wurde, ob er es ernst gemeint hatte oder etwa nur seinen Befrager ärgern wollte (dieser Befrager ist gewissermassen Chef-Interviewer beim Fernsehen DRS und, hört man, bei vielen Intellektuellen wenig gemocht).

Der war ganz baff und sagte auch wirklich: «Jetzt bin ich aber ganz baff», und weiter sagte er nichts mehr. Der Professor liess aber noch eine Bemerkung folgen: Er denke insbesondere an die Jugend; wenn er sich ihre Lebensperspektive in diesem Land vorstelle, so müsse er feststellen, dass sie keine mehr habe.

Auch ich war ganz baff und rieb mir die Augen, auch an den folgenden Tagen, als ich in den Zeitungen nach einer Reaktion auf das Interview Ausschau hielt. Doch der Reihe nach: meine «Bäffe» hatte mehrere Wellen, die sich jagten. Erstens, wie der Professor das sagte: In einem Rede-Schwänzchen, wie bei einem jungen Molch. Und im Ton von: Das ist schon lange klar, auch wenn es niemand sagt. Zweitens, wie der Interviewer reagierte. Er hatte offensichtlich noch nie an eine solche Möglichkeit gedacht. Oder doch? Seine Reaktion konnte ja auch ausdrücken: Jetzt muss ich aufpassen, was ich sage. Verstehe ich mich selbst zwar als öffentlicher Geburtshelfer von tieferen Wahrheiten, so heisst das dann doch nicht, dass wir vor laufender Kamera auf eine solche stossen dürfen, schliesslich habe ich eine Verantwortung vor Medium und Land! (Die Gefangenen ihre eigenen Wärter.) Drittens, was da verlautbart wurde, wurde gar nicht näher beredet. Denn siehe, die Sendezeit war gerade um! Also Augen zu und ab in die Kabine. Viertens, der Tag oder die Tage danach. Es stand nichts in den Zeitungen, einfach nichts. Schweigen, ein Resonanzloch. Über alles Mögliche wird gequasselt, aber bei Hauptmitteilungen, da fällt der Ton aus.

Nun freilich, die Aussage des Professors war ziemlich unerhört. Eine *solche* Perspektive für unser Land sieht niemand vor. Bei Dingen, die unerhört sind und bei denen es ums Ganze geht, reagieren Zeitungen kaum anders als natürliche Personen: Entweder glaubt man der Botschaft nicht oder dann ihrem Überbringer, und das Zweite ist leichter. Man wird es also für einen Ulk genommen haben, was der Mann da redete, schliesslich hatte er ja selbst dabei gelacht. Immerhin, man hätte ja nachfragen können, den Mann bei seiner Aussage behaften können. Es war ja die Aussage eines historischen Fachmannes, gemacht am Ende langer Erörterungen und also ihre Schlussfolgerung.

Die Menschen neigen wohl zur Annahme, dass in einer Lage, wo eine Gesellschaft oder ein Staat als Ganzes auf dem Spiel stehen könnte und wo nun genau diese Erkenntnis zum Ausdruck drängt, dies in einer Weise ernster Sammlung, zusammengepresster Lippen und hoher Stirnfalten geschehen müsse. Wo sie doch mit gutem Grund in der Form von Spassigkeit und ironischem Grinsen zum Vorschein kommt, in Anbetracht einer unbewussten Kehrausstimmung, die alle umfasst hat, auch ihre Sprecher. Die Kassandras äussern sich in Form von Clownerien, glauben womöglich selbst nicht wirklich an den intonierten Untergang, machen aber winke-winke damit, womit sie selber zu Katalysatoren des Untergangs werden. Ja, so muss es wohl sein.

Die Rede vom Untergang ist heute möglich, öffentlich möglich geworden, und sie tritt durchwegs im Gewand des Unernsts auf. Der genannte Professor ist der erste, von dem ich sie explizit gehört habe. Jean Ziegler, der vom archimedischen Punkt ausländischer Erfolgsverlage als Ulenspiegel der Radikalopposition gegen die Schweiz antritt, soll, höre ich, den Untergang der Schweiz für das Jahr 2007 angekündigt haben. Ein welscher Journalist fragt im Titel eines kürzlich erschienenen Buches: «La Suisse disparaîtra-t-elle?» Die Frage legt sich selbst aus, die Antwort lautet natürlich: Neinnein, wofern wir ..., falls wir ..., wenn wir ... Er will nur Dampf machen, es ist die längst verbrauchte Fünf-vor-zwölf-Rhetorik, bei der jeder merkt: der hält ja selbst die uns noch verbleibenden Minuten für einen beliebig langen Tag. Hier wird, wie bei Ziegler, bloss «mei, mei!» gemacht und im Übrigen ein wenig für Aufsehen gesorgt. Adolf Muschg titelt: «Die Schweiz am Ende – am Ende die Schweiz». Ein Titel wie eine Jasskarte, man kann ihn auch umdrehen. Und wie sich der Autor dabei unangreifbar macht: Ich habe nichts gesagt! Ich empfehle euch ja nur euch selber, bloss in den Gedanken der Selbstauflösung, da müsst ihr erst mal richtig hinein, danach bessert's, ihr werdet ein Vorbild der Völker sein, ich sags euch, ich bin halt gar ein dialektischer Wohltäter. – Auch der Ohrwurm «Suisse idée – se suicider» gehört in diese Kategorie: inhaltlich hätte er ja seinen Gehalt (genau den stoischen, wie ich noch zeigen werde), aber wer dafür das Silbengeklingel der Werbesprache einsetzt, dem ist es ja nicht ernst. Die Schlitzohrigkeit unserer Intellektuellen – zu denken dabei an das von mir so genannte einfache Volk: nun, es liest diese Bücher nicht, es hört diese Reden nicht, aber es begegnet ihren Titeln beim Zeitungslesen oder beim Vorbeigehen an einer Buchhandlung, eine klamme Empfindung fällt es an, nirgends ist Hilfe, nirgends eine Antwort, nichts ist wahr, nichts ist ernst ...

Ich will auf ernste Weise von der uns bevorstehenden Sache reden.

Die Rede vom Untergang mag bei uns niemand glauben. Es sind hauptsächlich zwei Gründe, die sich gegen eine solche Perspektive sperren. Der erste liegt in der Rhetorik der Vokabel, der zweite an unserem Bewusstsein von der auffallenden Dauerhaftigkeit des Staates Schweiz, die sich selber ein Gesetz zu sein scheint.

In der Tat ist die Rede vom Untergang, das ist nun scheinbar im Widerspruch zu meiner bereits stringent formulierten Prognose gesagt, eigentlich Nonsense. Es ist das Wort und seine grossmächtige Metaphorik, die das an den Tag legen. Untergang: Sonnenuntergang, Weltuntergang. Der Big Bang. Was kommt danach? Nichts, es ist alles aus. Das Wort ist ein Biblizismus, es hat eschatologischen Gehalt. Es entzieht sich der Wahrnehmung eines realen und konkreten Prozesses. Es ist ein Gong, der die zu bedenkende Sache sozusagen überläutet, dabei hängt ihm noch etwas an: etwas Lähmendes für den Hörer, dann aber auch etwas Tröstliches, negativ Tröstliches für den Sprecher. Ja, denn mit der Hilfe dieses Wortes rettet man sich aus verflixten Zuständen mit einem Sprung an einen Punkt, wo man allem enthoben und von der Realität unangreifbar ist. Dabei weiss man doch, dass die Geschichte eines Landes, wie jede Geschichte, einen konkreten Gang hat, und auch das Danach wird, auch wenn wir es nicht kennen, so konkret sein wie das Heute. Auf irgendeinen Boden werden auch nach einem Ende der Schweiz ihre heute sieben Millionen Menschen zu stehen kommen. Diese Tatsache verpflichtet das Denken zur Einsicht in wirklichkeitsgemässe Verläufe des Prozesses bis dahin; diese pflegen dann etwa in der Skizzierung von Möglichkeiten, allenfalls in Szenarien aufgezeigt zu werden. Sie sind etwas anderes als der magische Gehalt von Finalprophezeiungen. Das Wort Untergang ist unbrauchbar, es vernebelt die Perspektive.

Ist das formulierte Bedenken von grundsätzlicher und allgemeinmenschlicher Art, weil wir sonst in die Zukunft wie in ein leeres Loch blicken müssten, so gibt die unvergleichliche Statik unseres Landes mit dem Hintergrund einer vielhundertjährigen Geschichte dem Gedanken eines Endes den Charakter eines ungeheuerlichen Kontrapunktes, eines Gegensatzes, der es unmöglich macht, überhaupt in diese Richtung zu blicken. Was lange währt, wird endlich gut, war es bereits und ist es weiterhin, die drei Zeiträume des Gestern, Heute und Morgen werden unter dem mächtigen Prinzip der Dauer in eins gesetzt. Aber gerade bei solchem Übergang von der Zeitlichkeit in die Zeitlosigkeit zeigt sich, dass das Prinzip der Dauer seine Dialektik hat. Bei einer gewissen Mächtigkeit tendiert es zu einer bloss physikalischen Grösse und ist dann Immobilismus. Es wird zu einem gleichsam geologischen Argument, wofür sich dann auch unsere Berge, unser Raumzentrum, als Garanten anbieten. «Drum, Rütli, sei herzlich gegrüsset, Dein Name wird nimmer vergehn / Solange der Rhein uns noch fliesset, solange die Alpen bestehn», sang man noch in meiner Kindheit. Der Starrheit eines unbewegt daliegenden Gletschers ist der plötzliche Bruch ebenso gemäss wie das Rinnen und Fliessen all der Wässerlein an seinem Zungenende. Und nichts muss auf einen Bruch hindeuten, gerade durch den Anblick der statischen Masse wird man an der Wahrnehmung einer solchen Möglichkeit gehindert. Dauer, wenn sie zu einem Gesetz ihrer selbst erstarrt, hat eine enge Verwandtschaft mit dem Kollaps. Da sie etwas Lebloses ist, kann auch ihre Zerbrechung auf ganz unspektakuläre Weise geschehen, als etwas Lautloses, als ein Zusammensacken.

Gerade das ist der schweizerischen Lebensmorphologie gemäss. Als modellhaftes Beispiel für das, wie es mit der Schweiz als Ganzem kommen wird, will ich auf eine seit kurzem ad acta gelegte Schweizer Herzenssache hinweisen, die fest in unserem Gedächtnis verankert sein sollte, bei der ich allerdings vermute, dass sie bereits vergessen ist, und eben das macht sie zum vaterländischen Modellfall des ganz und gar täuschenden Charakters unserer Schweizer Lebenskonstanz. Die Appenzeller Landsgemeinde, jene in Ausserrhoden mit dem wechselnden Ring zu Trogen und Hundwil, wurde zeit meines Lebens jedes Frühjahr in allen Zeitungen mit festlicher Erwartung und hymnischen Fanfarenstössen gefeiert, als Inbegriff dessen, was wir als Gemeinwesen sind, Bekundung unserer direkten Demokratie, Ausdruck unserer lebendigen – dies Adjektiv wurde stets am meisten verwendet – schweizerischen Staatsgesinnung: die Zeitungen brachten Sonderbeilagen mit grossen Bildern, ein ganzer Wald von emporgereckten Armen mit dem aufragenden «Sabel», Besucher von auswärts in Massen strömten dorthin,

Busse verstopften die kleinen Parkplätze, ausländische Gäste wurden erwartet, Henry Kissinger, das war der Höhepunkt, reiste an als alteuropäisch gesinnter Amerikaner und Weltstaatsmann, um am Born der lebendigen Demokratie zu trinken und Worte der Bewunderung und Betroffenheit zu murmeln. Ein heiliger Tag, immer der letzte Sonntag im April, die Zeitungen kündigten ihn an, wehe, es hatte ihn einer nicht in seiner Agenda vermerkt und hatte das Schauspiel noch nie gesehen. Dann kam die Frage der Frauenteilnahme auf, nun gut, das konnte Probleme aufwerfen, aber diese Hürde zu bestehen, diese Beweglichkeit unter Beweis zu stellen, gerade das würde erneuter Beweis der ungebrochen lebendigen Tradition sein. Und da waren sie dann im Ring, die Frauen, da gingen dann viele Männer nicht mehr hin, ein Viertel oder ein Drittel, nun gut, das kannte man, die Ewiggestrigen und Unbelehrbaren, auf die konnte man schon verzichten, und dann nach wenigen Jahren sackte das Ganze plötzlich zusammen: Selbständig und souverän, wie es Schweizer Lebensgesetz ist, verfügte die Landsgemeinde ihre eigene Auflösung, und siehe da, die Schweizer Presse vermerkte das fahrig und beiläufig, halb im Ton von «da ist nichts zu machen» und halb von «das habt ihr ja immer gewusst». Alles fertig und Schluss, ausser Spesen nichts gewesen: das tonlose Verschwinden und damit wie auf Computerklick das Löschen jahrzehntelanger Erhebung und Aufwallung. Für Leser, die mich missverstehen könnten, merke ich hier an: Ich selber für meine Person hing und hange nicht an dieser Landsgemeinde, ich protokolliere nur, wie es mir als Zeitgenosse ergangen, wie mir dabei mitgespielt wurde: nicht in Form einer Enttäuschung, sondern als eine Täuschung, über die, als sie vollends offenbart wurde, kein Mensch sprach, damals wie seither nicht. Diese Sache gehört zu den einschneidendsten meiner Schweizer Existenz. Es kann ja gar nicht sein, dass etwas so Lebendiges plötzlich so klanglos zu Grabe getragen wird, und vice versa: es kann nicht sein, dass etwas, was so beiläufig und tonlos wie ein Kerzenflämmchen erlöschte, vorher so lebendig gewesen ist: nun geh hin, Leser, und wähle unter den zwei Möglichkeiten. Für mich steht fest: Bei all dem Reden und Getue um diese Landsgemeinde der letzten vierzig Jahre, die ich bewusst miterlebt habe, handelt es sich – an dieser Stelle ist nun das Wort in seiner ganzen Schärfe fällig – um den klassischen Fall einer Schweizer *Lebenslüge*, nichts anderes. Dabei wurde sie, wen wunderts, in klassisch stoischer Manier gehandhabt: Sie wurde gemanagt. Und dieser Vorwurf kann nicht das einfache Volk treffen, sondern die Offiziösen, die Redaktoren, die Wissenden, die in vollendetem Selbstvollzug sich und die anderen in die Tasche logen.

Die Schweiz wird verdunsten, sich verflüchtigen – sie wird bei den Schweizern selbst «vergessen gehen»: vorher, wenn es noch nicht so weit ist, ebenso wie nachher. No problem at all – vielleicht wäre es dem Gewicht der Sache gemäss, davon gar nicht zu reden. Und genau darum fällt den Schweizern zur Aussicht ihres Untergangs nichts ein, genau darum schweigen sie.

Es gibt bei uns keinerlei Perspektiven-Erörterung, und wär's auch nur eine spielerische, für den Fall «Was wäre denn, falls ...» Ja, was wäre dann mit der territorialen Zugehörigkeit von uns bisherigen Schweizern, wenn das Land, der Staat, verschwinden würde? Kein Denken in diese Richtung! Begreiflich, für keinen «Vorschlag» irgendwelcher Art wäre da ein Schweizer zu haben. Sollte sich etwa die deutsche Schweiz als «Bundesland Hochrhein» den Deutschen anschliessen, vielleicht mit dem Titel «Freistaat»? Undenkbar! Und die Welschen? Die ebenso wenig zu Frankreich wollen würden wie die Tessiner zu Italien? In Sion gab es vor Jahren einen eifernden Priester, der forderte, dass sich alle französisch sprechenden Teile der Schweiz zu einem eigenen Staat zusammenschlössen, der sich «La Sédunie» nennen könnte. Sédunie? Gewiss doch, man nehme einen historischen Schulatlas zur Hand und blättere darin. Ganz vorn, beim Altertum, wird man fündig werden: Die Seduner, das waren die (keltischen? rhätischen?) Bewohner des Unterwallis, als Cäsar von Octodurus (Martigny) aus erobernd zum Simplon vordringen wollte. Braucht's dazu einen Kommentar? Nein, wir hätten (haben) da keinen Vorschlag zur Lage zu machen, denn eine *Wahl* gibt es in unserer Lage nicht.

Ich nenne aber einen Fall, bei dem es mit der Schweiz weitergehen könnte, bloss ist er völlig irreal, er kann also nicht eintreten – immerhin ist seine Betrachtung für die Schweizer, sagen wir einmal, sehr lehrreich. Und obendrein ist er ja nicht neu.

Nur «wenn einer käme, und uns mitnähme» ginge es weiter, aber sanft wie in dem Kindermärchen, aus dem meine Wendung stammt, ginge es dabei nicht zu. Wenn einer käme, von aussen, einfach so, in unser Land eindränge, es eroberte, ihm seinen Willen aufzwänge: also allem Ansehen nach ein Böser. Der zuerst an sich und seine Interessen dächte, um es milde auszudrücken. Einer, der auf Bern loszieht und dort die Staatskasse mitnimmt. Der ins Wallis geht und dort den Männern des Tales sagt: Messieurs, Schluss einstweilen mit euren Zehenden, bauen Sie mir eine Strasse über den Simplon, pourque je puisse transporter mes canons en Italie! Einer, der all die schön eingerichteten Sachen und Sächelchen einfach über den Haufen würfe! Bei den 200-Jahr-Feierlichkeiten der Helvetik hörte man nur am Rand und wie mit vorgehaltener Hand vorgetragen, dass Napoleon, dieser böse Mann, der grosse Erzieher der modernen Schweiz war. Ohne ihn hätten sie schon damals nicht mehr weitergewusst. Dadurch, dass er ungefragt und gegen ihren Willen handelte, hat er sie weitergebracht. Dadurch, dass er ihnen ihre stoische Reserve aus der Hand schlug. Die Bundesverfassung von 1848, diese spätere schweizerische Eigenleistung, ist ohne den Schub Napoleons gar nicht zu denken. Und war dabei Napoleon doch ein böser Mann, ein kalter Mensch, Hunderttausende hat er auf dem Schlachtfeld geopfert, ist es nicht wahr? Ja, das Leben ist heillos, wie ich schon sagte, aber auch da gibt's ein Paradox: plötzlich kann etwas Heilvolles daraus hervorgehen – unter Umständen. Und bei diesen Umständen, genau dort sind wir mit dabei, und da wird's spannend. Das Lebensparadox und das Schweizer Paradox umschleichen sich nämlich gegenseitig beständig. Das muss irgendwie so sein, wenn zwei aufeinander stossen, die auf gegensätzliche Weise ein Paradox sind: ein jeder hält das Schlüsselchen zum Manko des andern in der Hand und klimpert damit. (Wobei die Schlüssel allerdings aber nicht gleich gross sind.) Eigentlich geht es hier um das Wesen des *Lochs*. Was ist ein Loch? Tucholsky sagt: Das Wichtigste an einem Loch ist nicht das Loch, sondern das Drumherum. Loch allein kommt gar nicht vor, sagte er («La Suisse n'existe pas», hiess das fünfzig Jahre später). Zurück zu unserem Napoleon und den Folgen. Die Schweizer machten etwas daraus, denn das können sie, nach vierzig Jahren stellten sie einen Bundesstaat auf die Beine, der seinerzeit in der ganzen Welt voraus war. Darauf sind sie heute noch stolz, bloss erkennen sie nicht, woher denn die kinetische Energie dazu kam: die kam von besagtem Napoleon, und zwar ohne Vernehmlassung.

Ja, wenn einer käme und wir von ihm mitgenommen würden! Da würden dann die Schweizer mobil machen – zuerst militärisch gegen den Eindringling, und wenn das nichts geholfen hätte, später in ihrem ganzen Organismus: Sie würden aufbrechen und sich bewegen. Gerade sie, die Schweizer, können das nämlich, sie mehr als irgendwer sonst. Bei ihrer ganzen Tüchtigkeit! Ist ja alles da, bloss ist sie zusammengenagelt durch die stoische Zusammenkrümmung. Die Nagelfluh. Man stelle sich vor, welche Energie frei würde, die sonst durch die zusammengekrampfte Lebensregie gebunden ist, wenn diese Masse einmal entnagelt würde! Gut ginge das, und schnell, im Hui würde es lernen, das pädagogisch versierte Volk. Die Energie, die sonst durch ewige Selbstverdichtung zur Selbstversteinerung nach innen fliesst, flösse endlich in die richtige Richtung, nach aussen, in Schritte und Taten.

Ist aber alles nichts damit, kann nicht geschehen, ganz abgesehen davon, dass man sich ja so etwas gar nicht «wünschen» kann. Die Geschichte ist heute längst an einem andern Ort; Friede, Freiheit und Selbstbelassung herrschen, Diplomatie, Vereinbarung, Zusammenschlüsse und Solidarität, der Ausschluss der Bösewichter: zum Glück, sagen wir alle, obwohl wir gar nicht wissen, ob das wirklich ein Glück ist, ich meine, auf die Länge gesehen, der Globus lässt sich ja nicht neu erfinden, er dreht sich weiterhin um seine Achse und zeigt weiterhin eine Tag- und Nachtseite. Aber das tut jetzt nichts zur Sache hier. Würde einer in die Schweiz eindringen, würden sich alle andern, die Uno- oder die Nato-Staaten, auf ihn stürzen und ihn herausreissen. Aber keiner will heute überhaupt mehr in die Schweiz eindringen. Loch allein kommt *doch* vor! Wir sind also dazu verdonnert, in unserem Kästchen zu bleiben.

Die Schweiz wird untergehen – sie wird *an sich selbst* zugrunde gehen. Sie wird vergehen, sagt Dürrenmatt, und zwar wie? «Wie ein Stück Zucker im Tee.» Ein Bild in fünf Worten. Und was für eine Aussage. Man beachte an dem Vergleich das spielerisch Böse und zugleich die Atmosphäre des behaglich Verträumten und bekömmlich Harmlosen (Frühstücks- oder Nachmittagstee, überhaupt: Tee). Man beachte am Würfelzucker das Stückgut der Verdichtung, dann das Symbol des Kantig-Kristallinen (Gotthard-Massiv) und nun aber zugleich Niedlichen. Das Solide der Schweiz ist zugleich «soft», aber (nur) potentiell. Dies *ineinander* zu erfassen und in einem einzigen Bild zusammenzudenken, das vermochte nur er, unser grosser Friedrich. Den Untergang des Zuckerstücks sieht man als ein *Verschlämmen*.

Um ein Ereignis, das im klassischen Sinn «eintritt», sich als einen Punkt auf der Zeitachse darstellen liesse, wird es sich bei dem Prozesscharakter des Ganzen wohl nicht handeln. Es wird «unter der Hand» geschehen, als ein Ausplempern. Oder, um einen Ausdruck aus unserer Alpwirtschaft zu nehmen: als ein *Verganden*. Wie dort wird sich die Schweiz dadurch auflösen, dass sie sich abhanden kommt. Gewiss, ein Schlusspunkt wird dann irgendwo auch gesetzt werden, aber eigentlich post eventum, wenn man bereits am Aufräumen ist. Wie bei jenen Abendveranstaltungen, wo, man hockt friedlich und fröhlich bei einander, ständig irgendwelche Leute hin und her laufen, Papierkörbe leeren und Stühle auf den Tisch stellen, und einer dann verwundert fragt «Ja, ist es fertig?», man ihm keine Antwort gibt oder dann «Sie sehen es ja.» Man wird auf die Hinterlassenschaft seiner selbst zurückblicken, ohne Verwunderung, da man schon davor in der Hinterlassenschaft seiner selbst stand. Nirgends wird Reflexion, alles wird geschäftiger Vollzug sein. Vollzug, dieser letzte Grund und Boden der schweizerischen Lebensethik, wird sich im Selbstvollzug vollstrecken. Aber kein Drama überhaupt, das dürfte jetzt klargeworden sein. Höchstens wird man nach dem Exitus sagen hören: «D'Schwiiz hät es Schlegli gha.» In jenem treuherzigen Miniaturton, in dem unser Dialekt Meister ist, weil mit ihm auch die letztgültigen Ereignisse noch heimisch-traulich gemacht werden. Jedoch all dem zum Trotz wird es sich um den Untergang der Schweiz handeln, um nichts anderes, zu einem noch späteren Zeitpunkt wird man ihn nur als solchen bezeichnen, und darum behalte ich das Wort bei.

Wann das geschehen wird, weiss man nicht und braucht man auch nicht zu wissen. Es ist genug, dass es so ist.

Wenn ich aber meine persönliche «Meinung» sagen darf: Es wird eher über kurz als über lang geschehen.

Die Beobachtung bestimmter heutiger Vorgänge lehrt, dass der Prozess der Selbstauflösung im Gange ist. *Bestimmter*, sage ich, und lasse alle andern ausser acht, die nicht bloss für den schreibenden Essayisten, sondern für eine wachsende Zahl von bisher ziemlich unangefochtenen Schweizern eine unerfreuliche Perspektive zeigen: eine Krise, in die das Land geraten ist – seit etwa zehn Jahren, ich würde als Initialzeichen den Fall Bundesrätin Kopp im Jahr 1989 setzen, ist die Schweiz irgendwie ins Hottern, Stottern und Schlingern geraten, das ist heute eine beinahe landesoffizielle Wahrnehmung, ganz im Unterschied zu ihrem gemächlichen Trott davor. Dass man nun doch stärker angefochten ist als gewohnt, erkennt man am sichersten daran, dass gleichzeitig auch der stoische Reflex der Selbstberuhigung zugenommen hat: jene Gelassenheitsredner sind häufiger geworden, die den Vorgang dadurch normalisieren wollen, dass sie ihr ruhiges «Gemach, gemach» über das Ganze träufeln, ihr «Nun gut, die Zeiten sind etwas struber geworden als auch schon», und dergleichen – Widerwärtiges und Ungemach kommt ja dem schweizerischen Wetterfestigkeitsinstinkt, dem Griff nach der Windjacke sehr gelegen. Und in der Tat besteht da vielleicht kein Grund zur Aufregung, es handelt sich bloss um die tolpatschigen Bewegungen eines, der nach langem Schlaf ein wenig wachgerüttelt wird: das meiste, was in den vergangenen zehn Jahren in der schweizerischen Tagespolitik abläuft, ist zwar zunehmend ärgerlich, peinlich und meist auch ziemlich dümmlich, um nicht zu sagen: unappetitlich, aber doch in seiner Kleinformatigkeit zu harmlos, um deswegen mit Warnlichtern zu blinken. Obgleich zwar hin und wieder und dann meist so gut wie unbeachtet, obschon öffentlich, mitten aus dem Volk, nicht etwa aus den Gebildeten und Offiziösen heraus, sehr ernsthafte und grundsätzliche Einsichten ausgesprochen werden. Ein beliebter öffentlicher Markt, wo sich das ab und zu ereignet, ist die Fernsehsendung «Arena». Da kann plötzlich einmal eine Frau aus dem Hintergrund so ganz ohne Zusammenhang sagen: «Je nun, ich glaube einfach, die Schweiz ist alt geworden und möchte eigentlich am liebsten sterben», und das in einem ganz warmen, fürsorglichen Ton wie von einer bewährten Altenpflegerin. Worauf die allseitige Rede- und Plapperlust für eine Sekunde innehält und dann ein gemögiges Schmunzeln hörbar wird, des Sinnes: «So weit sind wir nun wirklich nicht – aber man könnte manchmal fast auf den Gedanken kommen!», und wenig fehlt, dass noch geklatscht wird. Oder es richtet sich, gleichfalls in den hinteren Reihen, mit einem Mal ein Rentner auf, man sieht an einer leicht gehemmten Bewegung, dass er eine natürliche (ihn also auszeichnende) Scheu vor der öffentlichen Tribüne hat, es ist wieder einer aus dem Volk, mit letzter Zusammenballung seiner Kraft und einer im ganzen Hopp-de-Bäse-Reigen der permanenten Diskussion auffallenden Verzweiflung ruft er nach vorn, zu den Stehtischen, ganz unqualifiziert: «Ich möcht die vier Parteipresidänte froge, wänn d'Schwiiz äntlich us ere Gältgenosseschaft wider e Aidgenosseschaft wirt!» Der Gute, er weiss nicht, dass man eine Frage immer nur an *eine* Person richten soll, darum ruft ihm der Veranstaltungsleiter, während er schon wieder votenjagend durch die Arena stürmt, nach: «Gut, wir nehmen das zu den Sammelfragen!», worauf der Alte wieder zusammenklappt.

Ich will nun aber von einem bestimmten und konkreten Vorgang sprechen, der heute vor aller Augen abläuft und der zeigt, dass die Selbstauflösung des Landes im Gang ist. Und der auch lehrt, was Selbstauflösung im Fall der Schweiz heisst: von ihren eigenen Künsten geschlagen werden nämlich. Stellt er sich doch ganz als Sachwaltung über das Eigene dar, ja als Reform und zeitgemässe Weiterführung zum Besseren, während er in Wahrheit das Eigene zu beseitigen im Begriff ist. Selbstständig, frei und souverän, wie es dem stoischen Selbstvollzug gemäss ist.

Im Kanton Tessin sollen in nächster Zeit die bestehenden 245 Gemeinden durch Zusammenlegung auf 86 reduziert werden. Nicht *um* 86, sondern *auf* 86 – zwei Drittel der Gemeinden sollen als selbständige Einheiten verschwinden. Es handelt sich nicht um einen Diskussionsvorschlag, einen Vorstoss im Parlament oder dergleichen, sondern der Staatsrat hat es beschlossen, die Sache sei bei der Bevölkerung «im Wesentlichen unbestritten», auch ein Zeitpunkt für den abgeschlossenen Vollzug wird bereits genannt: in etwa 15 Jahren. Die Mehrheit der Gemeinden sei zu klein, mehr als drei Dutzend von ihnen habe weniger als 100 Einwohner, und die Verwaltungen seien vom Personal wie vom Kostenaufwand her nicht mehr funktionstüchtig. Ja, das kann man verstehen. Der Schritt erfolgt unter dem Druck der Rezession, der Tatsache neuer Netz-Kommunikationsmittel, also allgemein als Massnahme der Ausgabensenkung und der Rationalisierung. Noch allgemeiner: aus Praktikabilität, bei der das Finanzielle und der Zusammenzug der gegebenen Räume Grund, Gerät und Motor des Zugriffs in einem sind. Noch einmal: die Idee ist verständlich, irgendwie einleuchtend, nicht wahr, jetzt mal so logistisch gesehen. Die Sache zeitgemäss in den Griff nehmen! Was hier aber eigentlich und in der Tiefe vor sich geht, das sagt niemand, auch nicht die stets gelehrte und belehrende NZZ, der ich die Sache entnehme: die druckt über ihrem fleissig beleuchtenden Bericht, der keine Einzelheit übersehen will (gründlich sein! vor lauter Wald den einzelnen Baum sehen!), zwei adrette Kantonskärtchen des Tessins nebeneinander ab mit der Gemeindestruktur: so war es bisher, und so ist es morgen, und nun wisst ihr es.

Seit Generationen haben alle Schweizer als Schulkinder gelernt, dass die Gemeinden die Urzellen des Gemeinschafts- und Staatsbewusstseins sind, und allen Erwachsenen wurde ebenfalls seit Generationen in allen Leitartikeln, Staats- und Festreden genau dies eindringlich ins Bewusstsein gerufen. Im föderalistischen oder partikularen Staat seien die Gemeinden die Herzkammern des Gemeinschaftsbewusstseins. Und nun wird hier plötzlich der grosse Schnitt gemacht.

Merke, Leser, zwei Dinge. Erstens: Es ist eine ungeheure Dummheit, zu glauben, Gemeinschaftsbewusstsein und mit ihm Staatlichkeit sei rational stapelbar. Es lasse sich mit dem Schlüssel praktikabler Nützlichkeit und rationeller Verfügung überhaupt erschliessen, erreichen oder erhalten. Im Gegenteil führen Operationen solcher Art die Verduftung des Gemeinschaftsbewusstseins herbei, und zwar unter der Hand, beiläufig, gerade mit dem Kontrollblick rationaler Verfügungsweisheit nicht zu erkennen. Das Gemeinschaftsbewusstsein, welches eine Staatlichkeit ermöglicht, ruht in einem Verbund organischer Regungen und Kräfte, die sich durch eine Allregie des nützlichen Zwecks nicht ersetzen lässt. Bei der beschriebenen Massnahme geht die Regie nun so weit, die Gemeinschaftskörper zuvor aufzuheben, um ihre Ziele zu erreichen. Die Bewohner der Gemeinde und ihre Bürger werden von ihrem Substrat getrennt, fortan werden sie in ihrem verlorenen Zugehörigkeitsgefühl in einen diffusen Nebel versetzt, und zwar umso stärker, je weniger sie sich der Sache überhaupt bewusst sind. Wahrscheinlich werden sie darüber kein Sterbenswörtchen reden. Sie werden nach neuen Aufhängepunkten Ausschau halten, ganz anderen, und diese werden ausserhalb des staatlich Verfassten überhaupt liegen. Diese Entwicklungen werden sich später nicht mehr «ins Ruder bringen lassen», wie man heute in der flotten Verfügungssprache des Sports sagt. Sie gehen über die uns umgebenden, sattsam bekannten Vorgänge ständiger heftiger Fluktuation hinaus: über Ortsbildveränderungen, Arbeitspendlertum, Migration u. dgl. Immer war die Gemeinde als ein Hort des statischen Bezugs da, anwesend, vorhanden. Nun wird der Stöpsel aus der Badewanne gezogen. Bin ich empört, dass ich so rede? Sagen wir lieber: Ich beobachte kalt und bin erstaunt darüber, zu welchen Schritten die Schweiz gegenüber sich selbst bereit ist, und dies ganz aus freien Stücken.

Zweitens, die Sache wird nicht Halt machen. Wo das Beispiel einmal durchgesetzt ist, wird es Schule machen. An zwei, drei, vielen andern Punkten der Schweiz wird sich plötzlich dasselbe Bedürfnis melden. Aus den Kantonen Graubünden, St. Gallen und Schaffhausen hört man von ähnlichen Vorhaben, weniger spektakulär als im Tessin, es geht da mehr um Bezirksveränderungen, aber die Erwägungen sind die gleichen, und ein begütigend-sachlicher Sammelbegriff ist auch schon zur Hand: Gebietsreform. In der Waadt und in Genf sind schon lange lebhafte Diskussionen über eine Fusion zu einem Kanton Léman im Gange, unter Führung etablierter, meist bürgerlicher Politiker – die Sache ist also «seriös». Inzwischen ist neu das Projekt eines Kantons Innerschweiz hinzugetreten, der wenigstens die vier Waldstätte umfassen soll. Denn Zug will nicht, und Glarus, das auch eingeladen wäre, schüttelt heftig den Kopf: Wenn schon, sagte der Glarner Landrat kürzlich mit dem ganzen Stolz seiner Souveränität – aber er sagte: wenn schon! – , dann eher einen Kanton

Linth! Napoleon lässt grüssen. Das sind alles noch Erstlinge. Aber auch in sich selbst wird die Rationalisierungsbewegung nicht Halt machen. Es ist ja das Wesen der Rationalisierung, dass sie jede erreichte Stufe als unbefriedigend, als noch zu wenig rationell auffasst. (Richtiger gesprochen wäre: Jede neue Stufe erscheint unbefriedigender als die davor, da wir nur durch das Hinaufsteigen merken, dass wir nicht hinaufkommen.) Zwingend? Ja, wenn keine anders gearteten Kräfte mehr da sind, die gegenüber der Rationalisierung immun sind; und die sind nun nicht mehr da.

Es ist klar, dass das Vorbild für diese als Reformen ausgegebenen Schritte die Fusionen der grossen Wirtschafts- und Bankenunternehmen sind – es ist umso klarer, als bei ihrer Kommentierung und Rechtfertigung die Parallele meist nicht einmal gezogen wird. Es ist ja schon lange der Fall, das der Staat dem Wirtschaftlichen hinterherläuft, dass er ihm dient; man findet dies je nachdem gut, nützlich, notwendig oder jedenfalls gegeben, aber die Konsequenz davon sieht man nicht. Jetzt beginnt das Staatliche, sich selbst wirtschaftlich aufzufassen, als ein Gefüge der Efficiency. Staat und Wirtschaft, bisher als zwei unterschiedliche Begriffe gehandhabt, sind selbst daran, in Fusion zu gelangen. Dies wird für den Staat nicht ohne schwerste Folgen geschehen.

Kann ein Staat Selbstmord begehen? Eigentlich nicht, dies ist eine dummgescheite Redensart von Intellektualisten. Schauen wir aber näher hin, was hier passiert; beachten wir das Geschehen vom hier verfolgten Leitphänomen aus, dem schweizerischen Stoizismus beziehungsweise von dessen letzter Konsequenz. Hinter den Rationalisierungssträngen steht wegleitend die Verfügbarkeit durch Geld. Weisen wir also noch auf dessen oft beredete Bedeutung bei den Schweizern hin, Geld ist ja auch im volkstümlichen Diskurs eine nationalmythische Grösse. Wo nicht ein Weiser, ein einzelner Philosoph Stoiker ist, sondern ein ganzes Volk einem stoischen Lebensplan huldigt, wird Geld das praktische Sicherungsmittel der Existenz, die Raison, die es dank ihrem Verfügungsabstand erlaubt, sich dem Leben gegenüber als überhoben zu betrachten (siehe diesen Grundgedanken des Stoischen oben S. 19/20). Wer hat, dem wird gegeben, aber auch genommen; wer viel kauft, wird viel verkaufen, und das kann sehr weit gehen. Bei den Schweizern ist das eine alte Sache, und die alte ökonomische Schulerklärung dafür lautet: weil sie eigentlich nichts haben, also arm an Gütern sind. Im 16. Jahrhundert bezeichnete der Engländer Thomas More die Eidgenossen als das «Volk der Zapoleten», übersetzt heisst das: «die sich verkaufen», und er hatte dabei die schweizerische Praxis der Solddienste im Auge, bei denen Leib und Leben als Pfand eingesetzt wurde. (Was das im 20. Jahrhundert kurz vor dessen Mitte bedeutete, davon weiss heute nach ziemlich langem «Verfügungsabstand» die Schweiz ein dumpf röhrendes Lied zu singen, wovon ich hier nicht näher reden will.) Geld, sagt eine einfache ökonomische Grunddefinition, ist selber kein Gut, sondern eine «Forderung auf Güter». Daran kann man sich gewöhnen. Wer Forderungen auf Güter zur Lebensgrundlage macht, weiss mit der Zeit nicht mehr, was da eigentlich unter seinen Füssen ist, ob da noch ein Boden ist, es scheint ja auch gar keine Rolle zu spielen. Am Ende wird man dann an den wahren Gütern gefordert: der ständige Gebrauch der Tauschmittel führt zu einer Umkehr der Funktion. Die konkrete Welt verflüchtigt sich. Am Tag, wo das eintritt, wird man sich nicht einmal wundern: man rechnet und rechnet. Flüsternd addieren die Lippen Zahlen. Und tritt dann einer hinzu und macht die Schweizer aufmerksam auf das, was soeben geschieht, so werden sie kurz aufblicken und sagen: Wir haben damit gerechnet. Dann wird die NZZ einen abgeklärten Leitartikel bringen. Auch am Tag seines Endes muss ja der Stoiker abgeklärt sein, sonst ist seine Lehre faul. (Seneca, der Chef-Stoiker des Altertums, hat dies, man muss es im Ernst so ausdrücken, vor«gelebt»).

Ich schliesse meine Arbeit. Sie endet gemäss Voraussicht mit einem Loch.

Nichts übrig für eine Fütterung des Lesers? Sozusagen nein.

Fütterung, Alimentierung ist ja auch nicht das, wessen der Schweizer bedarf, das nun wahrlich nicht. Es gibt einen Grad von Verschluss und mulmiger Verstopfung, bei dem der Magen die weitere Einlöffelung von Substanzen ablehnt. «Tranig», mit diesem Wort bezeichnet einer der in diesem Buch zitierten Autoren all das Gerede, mit dem die Schweiz jahraus jahrein zu ihrer Selbstrechtfertigung aufwartet. Ein hässliches Wort, aber ein treffendes – es ist selten, dass eine Bezeichnung von so formlosem Gehalt so exakt ist. Tranig, das hat eine Nähe zu einem Abführmittel.

Was mich betrifft, als Mensch und Autor, so macht es mir zu schaffen, die Leere, das Loch als Ergebnis und Ertrag vorzuweisen. Sei es bei diesem Thema, sei es bei sonst einem: Es liegt mir nicht, eine Sache beim Punkt ihrer Vernichtsung dingfest zu machen. Ihr auf den Grund zu gehen und alsdann klipp und klar zu sagen: seht, da unten ist nichts. Welt und Leben sind mir ja Phänomene des Aufbaus, nicht des «Abbaus» – dieses heute verbreiteten schwindsüchtigen Wortes, mit dem unser Gebaren in ein konstruktives Tun umgedeutet wird. (Ein Bauen, bei dem es hinuntergeht, gibt es nicht, ausser bei einer Grube.)

Wozu habe ich dieses Buch geschrieben? Um eine dünne und harte Sache zu machen: ich wollte über die Schweiz die Wahrheit sagen.

Auf Wahrheit werden die Menschen nie verzichten wollen. Auch nicht können. Zu den Menschen gehören auch alle Schweizer. Als Menschen werden sie geboren, als Menschen sterben sie.

Ich denke an die drei, vielleicht vier Schüler in einer jeden Schulklasse mit zwanzig Leuten, Mittelschule in meinem Erfahrungsfall; dort habe ich früher unterrichtet. Obere Klasse, Achtzehnjährige. An ihre Gesichter, wenn bei tiefer erörterten Fragen ein leichter Schatten von Bangigkeit, ein verpresstes Unwohlsein erschien. Wenn die vor ihnen liegende gemütliche Schweizer Lebensperspektive für Momente das Loch hinter ihr aufscheinen liess. Jetzt, dachte ich (und war selber beklommen, schämte mich irgendwie vor ihnen), jetzt vielleicht ... merken sie es.

Später gehen sie dann hinaus, hinein in den Erwachsenenkuchen, wehren sich eine Zeitlang gegen den sie umfangenden Nebel, bekommen keine Antwort, werden eingesuppt. Nächster Fixpunkt, man mache sich keine Illusionen, ist dann die Bahre. Es geht nämlich alles sehr schnell, wenn wir das Leben versäumen.

Ihnen will ich ein Zeuge sein, das Meinige gesagt haben. Und einer unbekannten Zahl von anderen, weniger Mitbürger als Mitmenschen, die mit diesem Land, in welchem sie durchs Leben schlendern, «ein Problem haben». Eines, das ausserhalb der allgemeinen Beredungszone liegt, durch jene nur verstärkt wird und mit jedem Lösungsvorschlag sich weiter manifestiert.